追放王子の英雄紋！

Tsuiho Ouji no Eiyu Mon!

追い出された元第六王子は、
実は史上最強の英雄でした

vol.2

Yukihana Keita
雪華慧太

登場人物紹介
オリビア
大国アルファリシアの第一王女。レオンに父の警護を依頼する。
レオン
四英雄と呼ばれた獅子王ジークの記憶を持つ、元王子の冒険者。自分と同じく転生しているかもしれない四英雄の仲間を探す。
ティアナ
ハーフエルフのシスター。教会で孤児を育てている。

ジュリアン
アルファリシアの第二王子にして教皇。「慰霊祭」の裏で暗躍する。
レイア
銀竜騎士団の副長を務める、アルファリシア屈指の戦士。
アルフレッド
翼人の国アルテファリアの王子。ロザミアと旧知のようだが……
ロザミア
翼人族の元聖騎士。レオンと主従関係にある。

1　剣聖《けんせい》の娘

俺の名前はレオン。

辺境の小国バルファレストの第六王子として生まれた。

死んだ俺の母親が平民の出であることが気に入らなかったのだろう、腹違いの兄たちはことあるごとに俺に嫌がらせをしてきた。

そして国王である父が亡くなると、連中は俺を追放するだけでは飽き足らず殺そうとした。

その時、傲慢《ごうまん》で残忍《ざんにん》な兄たちの笑い声が響く中、俺の右手に真紅《しんく》の紋章《もんしょう》が輝き始めた。

連中は知る由《よし》もなかったが俺は転生者だ。二千年前、俺は最強と謳《うた》われた四英雄の一人、獅子王《ししおう》ジークと呼ばれていた。

俺は精霊フレアやシルフィと共に連中をぶちのめすと、屈辱《くつじょく》に満ちた奴らの声を背に旅に出た。

父が亡くなった今、あんな連中とこれ以上関わるのは御免だからな。

国を出た俺は、もしかするとかつての仲間たちが自分と同じように転生しているのではないかと思い、大国アルファリシアに向かった。情報を得るために王都の冒険者ギルドに立ち寄り、そこで出会ったのがハーフエルフのシスターであるティアナだ。

そしてティアナを狙う邪悪なヴァンパイアのもとから、翼人の元聖騎士ロザミアを解放した。二人は今では俺の大切な仲間だ。

そんな中、冒険者ギルドで受けた風変わりな依頼で、アルファリシアの女将軍ミネルバと共闘することとなり、人と魔物を融合《ゆうごう》させる闇の禁呪《きんじゅ》、人魔錬成《じんまれんせい》を使う謎の術師と死闘を繰り広げた。

術師こそ逃したが、戦いに勝利したことで王国の騎士団から報奨金《ほうしょうきん》が出るらしい。そんなわけで俺たちは、冒険者ギルドの長であるジェフリーと共に、ミネルバが団長を務める銀竜騎士団《ぎんりゅうきしだん》の本部がある王宮へと向かっていた。

俺がこれまでのことを思い出していると、隣を歩くティアナが俺の顔を覗き込んできた。その清《せい》楚《そ》な横顔にブロンドの髪がかかっている。

「どうしたんですか？　レオンさん」

「何でもないさ。この国に来て、ティアナたちと出会った時のことを少し思い出してな。あの時はこうやって冒険者パーティを組むなんて思わなかったからな」

そう言うと、ティアナは嬉しそうに笑う。

「本当に今こうしてるのが嘘みたい。それにレオンさんが助けてくれなかったら、私や子供たちはどうなってたか。きっとあのまま奴隷《どれい》商人に連れていかれていました。レオンさん、本当にありがとうございます！」

ティアナの言葉に俺は肩をすくめた。

「助かってるのはお互い様だ。ティアナのお蔭で寝床はあるし、なんと言っても美味《うま》い飯をたらふく食えるからな」

今、俺はティアナが住む、孤児院を兼ねた小さな教会に世話になっている。

ティアナの料理は天下一品だし、孤児院のチビ助たちとの賑やかな生活も楽しいものだ。

今日、子供たちの護衛も兼ねて留守番を買って出てくれた炎の精霊フレアも、すっかり母親気分で張り切っていた。

それに飯だけじゃない。ティアナは優秀なヒーラーだし、ロザミアの剣の腕は一流だ。

昨日の依頼でも、二人のバックアップのお蔭で安心して戦いに専念出来た。

二千年前ならともかく、前世で受けたとある呪いのせいで、今の俺にはあの闇の術師を打ち負かしたほどの技を連発するのはまだ難しいからな。

「レオンさんやロザミアさんがいっぱい食べてくれるから、私もご飯を作るのが楽しくて」

「おいおい、ロザミアと一緒にするなよな。流石《さすが》の俺もあんなに食いしん坊じゃないぞ?」

何しろロザミアの食べっぷりときたら凄いからな。

しっかり稼がないと食費で全部持っていかれそうな勢いである。

元ヴァンパイアとは思えない食欲だ。

「ふふ、レオンさんたら。あら? そういえばロザミアさんは……」

「ん？　そういや姿が見当たらないな。さっきまで俺の隣にいたはずなんだが」

辺りを見渡すと、王宮に続く大通りの脇にある一軒の店の前から、ニコニコ顔でこちらに駆けてくるロザミアの姿を見つけた。

「主殿！　見てくれ、これを貰ったのだ！」

ロザミアの手には大事そうに何かが握られていた。

持ちやすい形に焼き上げた焼き菓子の上に、白いクリーム状のものが載っている。

まるで天使のような白い翼を羽ばたかせながらロザミアが言う。

「アイスクリームと言うそうだ。なんでも牛の乳を使って氷魔法で作った菓子で、あの店で子供たちに配っていた！」

満面の笑みのロザミアに思わず俺は突っ込んだ。

「いや、ロザミア。お前は子供じゃないだろ？」

まあロザミアだって十六歳ぐらいだから、転生前の俺から見ればまだ子供だが、店の前でアイスクリームとやらを受け取っているのは、孤児院にいるチビ助たちと同じぐらいの年齢の子供たちである。

相変わらずロザミアを監視しているのか、その肩に乗っている風の精霊シルフィが呆れたように言う。

「私は見てたわよ。まったく、あんな小さな子たちの中に入って、ウルウルした目で売り子をジッと見てるんだから。向こうも根負けして一つくれたんじゃない」

ははは、ロザミアらしいな。可愛いもんだ。

「ふふ～ん、羨《うらや》ましいのだな？　シルフィ」

「は？　馬鹿じゃないの、ロザミア。お子様じゃあるまいし！」

二人はそう言ってお互いにソッポを向く。

「「ふん！」」

ったく、この二人は相変わらずだ。

俺たちに同行しているジェフリーが店を眺めながら言った。

「あれはジェファーレント商会の菓子店だ。あの店は、新しい菓子が出来ると宣伝を兼ねて、子供たちに無料で配っていることがあるからな。王宮に近いこの辺りは貴族や商人の子供たちも多い。いい宣伝にもなるのだろう」

「ジェファーレント商会？」

俺の問いにジェフリーは頷くと、耳打ちしてくる。

「はい、ジーク様。この国の商人たちに強い影響力を持つジェファーレント伯爵家《はくしゃくけ》が運営する大商会ですよ。ほら、昨日ジーク様がお助けになった奥方と令嬢の……」

俺が昨日助けた令嬢？　ああ、例の喋《しゃべ》るオーガどもに襲われていた白い馬車に乗っていた娘か。

そういえば、かなり大規模な商隊を組んで、護衛に守られていたのを覚えている。

相応の身分と財力がなければああはいかないだろう。

「へえ、あの二人は伯爵家の夫人と娘だったんだな？　……それはいいとして、ジークじゃなくてレオンで頼むって言ったはずだぞ、ジェフリー」

俺は声を潜めて答えた。俺の正体を知っているジェフリーやミネルバには、秘密にしてもらっている。そもそも言ったところで誰も信じるはずがない。話が複雑になるだけだ。

「はは、すみません。何しろ伝説の英雄であるジーク様を、レオンなどと呼び捨てにするのは気が引けまして」

四英雄のファンであるジェフリーにとってはそうなんだろう。

ギルドの受付のニーナさんたちの話では、ジェフリーは俺たちの逸話《いつわ》が書かれた本のコレクターらしいからな。

「気にするなって。その方がこっちも助かる」

俺がそう言うと、ジェフリーは苦笑しながら頷いた。

ＳＳＳランクの冒険者でギルド長のジェフリーが、Ｂランクの冒険者に過ぎない俺を「様」付けで呼ぶのはどう考えてもおかしな話だ。

「どうしたんですか？　二人ともなんだかこそこそしちゃって」

ティアナが不思議そうにこちらを見ているので、俺はすかさずジェフリーの脇腹を小突《こづ》いた。

「なんでもないさ。そうですよね、ギルド長？」

「は、はは！　もちろんだともレオン君！」

何がレオン君だ、声が裏返ってるぞ。先が思いやられるな、これは。

俺がそう思った、その時──

「レオン様？　やっぱりレオン様なのですね!?」

大通りを店の方にやってくる馬車の窓から声が聞こえてきたかと思うと、俺たちのすぐ傍に白い馬車がとまる。

そして、見覚えがある女性の護衛剣士と共に、一人の少女が馬車から降りてこちらに駆けてきた。

「レオン様！　それにティアナ様やロザミア様も！」

噂をすれば影だ。先程ジェフリーと話していた令嬢──エレナが息を切らして俺の前まで来ると、彼女の護衛剣士であるサラと共に頭を下げる。

「昨日は本当にありがとうございました！　お蔭で私も母も命拾いしました。レオン様たちは命の恩人です」

エレナの言葉にサラが続ける。

「お嬢様がどうしてもレオン様にお会いして、直接お礼がしたいと仰《おっしゃ》られまして。先程冒険者ギルドを訪ねたのですが、そこで皆様が王宮へと向かったと伺い、追ってきたのです」

馬車の中から、別の護衛を従えてエレナの母親もこちらに歩いてくる。

伯爵夫人だけあって品の良い雰囲気が漂《ただよ》っている。

「エレナったら、そんなに慌てて。レオン様に笑われますよ」

伯爵夫人は娘にそう言うと、こちらに向かって深々と頭を下げた。

「申し遅れました、レオン様。私はジェファーレント伯爵の妻、フローラと申します。昨日は本当にありがとうございました！　レオン様がいらっしゃらなければ、私たちは今頃どうなっていたか……」

人魔錬成によってオーガと化した盗賊連中に取り囲まれていた時のことを思い出したのだろう。青ざめながらこちらを見つめている。

そしてロザミアやティアナにも頭を下げた。

「お二人にも感謝いたします。どうかお礼をさせてくださいませ」

俺は、手にしたアイスクリームをもうほとんど食べ終わっているロザミアを眺めながら答えた。

「はは、礼ならギルドからたっぷり貰ったさ。それにアイスクリームもな。あの店はジェファーレント伯爵家のものなんだろう？　美味ければ商品が評判になるし、上手いやり方だな」

すると、ロザミアが最後の一口をぱくりと食べて満足そうに微笑む。

「うむ！　冷たくて美味しかった。私が保証する！」

「ったく、口の端にクリームが付いてるぞ」

戦う時は凛々《りり》しい元聖騎士なのだが、こと食べ物に関してはこれだからな。俺が呆れながら指摘すると、シルフィも腕を組んで頷いた。

「ほんと胸だけは大きいくせに、お子様なんだから」

だが、残念ながらその小さな口にもしっかりと白いものが付いていた。

「……シルフィ、お前も付いてるぞ」

「え⁉」

シルフィは慌ててロザミアと一緒に口元を拭《ぬぐ》う。

「か、勘違いしないでよね！　今拭こうと思ってたんだから」

ツンと澄まして大人ぶるシルフィ。どうやらロザミアが食べているアイスクリームが気になって、横から一口かぷりとかぶりついたようだ。

まったく仲が悪いようでいいコンビだな。

そんな二人を横目に軽く溜め息をついた後、俺はエレナたちに言った。

「あんたたちを助けたのは仕事だ。これから騎士団に行って、報奨金も貰えるらしい。だから気にすることはないさ」

「で、ですがレオン様」

そう声を上げるエレナの肩にフローラは手を置くと、暫く俺を見つめて首を横に振る。

「エレナ、レオン様がそれで良いと仰っているのです。皆様はこれから王宮に向かわれるとのこと。これ以上引き止めてはご迷惑をおかけするだけよ」

「でもお母様！」

まだ納得していない様子の娘をなだめながら、伯爵夫人は俺に一枚のカードを差し出した。プラチナ色に輝いている小さなカードだ。

「私のサインを入れた特別なカードです。これはいつでもジェファーレント商会がレオン様のお力になるという証。せめてこれだけでもお受け取りくださいませ」

夫人の瞳は真っすぐにこちらを見つめている。

貴族や商人ではない俺が、大商会と深く関わる機会があるとも思えないが、これを断るのは、わざわざ会いに来てくれた彼女たちに対して失礼にあたるだろう。

「分かった。気持ちだけいただいとくよ」

俺は夫人からプラチナのカードを受け取ると、それを懐にしまった。

「さてと、それじゃあ俺たちはもう行くぜ。相手は騎士団だ、あまり待たせると面倒なことになりかねないからな」

「はい、レオン様」

そう言って微笑む伯爵夫人と、傍で何か言いたげなエレナの姿。

「レオン様！　またきっとお会い出来ますよね」

伯爵令嬢の声に、俺は振り返らずに手を振ると王宮へ向かった。

◇　◆　◇　◆　◇

レオンたちが立ち去った後、エレナはしょげ返った様子で呟いた。

「レオン様。命を救っていただいたお礼がしたかったのに。もうお会い出来ないのかしら……」

そんな娘を見つめながらフローラは笑みを浮かべた。

「安心なさいエレナ。きっとまたすぐにあのお方のお役に立てる時が来るわ」

「お母様？」

そう問いかけるエレナにフローラは答える。

「私たちをあの地獄から救ってくださった強さと雄々《おお》しさ。それに私たちがジェファーレント商会を率《ひき》いる者だと知っても、レオン様の瞳には一片の媚《こび》もへつらいも生まれなかった。私は今までにあれほどの殿方《とのがた》に会ったことがありません。あのようなお方は周りが放ってはおかないでしょう。いずれ名を成すお方です。きっと遠くないうちに、我が商会が力をお貸し出来る時がやってくるわ」

それを聞いてエレナは顔を明るくする。

「はい！　お母様。私、その時はレオン様に全てをお捧げいたします！」

「エレナったら気負いすぎですよ。それではまるでレオン様の妻になりたいとでも言っているように聞こえます」

母にそう言われて、エレナは思わず顔を赤らめた。

伯爵令嬢のその言葉に、通りを歩く者たちも振り返る。

「あ、そ、そういう意味じゃなくて私……お母様の意地悪！」

「お嬢様、お待ちください！」

可憐《かれん》な顔を真っ赤にして馬車へと駆けていくエレナを、護衛騎士のサラが追う。

そんな二人をフローラは楽し気に見つめた。

伯爵領を治める夫の代わりに、都で商会を率いるジェファーレント伯爵夫人は、才色兼備《さいしょくけんび》な女性として名が通っている。そんな目の肥えた彼女にも、レオンはとても好ましく映った。

(それにしても、あれほどの少年が只の冒険者だなんてとても信じられない。一体何者なのでしょう？　王宮に向かわれるとのことでしたが、ここは大国アルファリシア。一筋縄《ひとすじなわ》ではいかない方々も多い。あの強すぎる力が、かえってあだにならなければ良いのだけれど)

伯爵夫人は、娘の前では口に出さなかった憂慮《ゆうりょ》を抱きながら、レオンたちの背中を見送っていた。


レオンたちが、報奨金を受け取りに王宮に向かっているちょうどその頃。

王宮の広大な敷地の西に作られた銀竜騎士団の本部、その練兵所《れんぺいじょ》には二人の女性が佇《たたず》んでいた。

騎士たちは訓練をしながらも、二人の姿に見惚《みと》れて身が入らない様子である。

一人は公爵家《こうしゃくけ》の令嬢で銀竜騎士団のトップでもあるミネルバ将軍だ。

普段は騎士姿の彼女だが、今日は艶《あで》やかなドレスに身を包んでいる。凛々しくも美しいその姿は、まるで天上から舞い降りた戦女神《いくさめがみ》のようだ。騎士たちが目を奪われるのもやむを得ないだろう。

彼女の隣にいる人物はクスクスと笑う。

「ミネルバ、貴方がそんな格好をしているから兵士たちも訓練に身が入らないようよ？　それに、昨日お父様に、一代貴族の身分をその彼にお与えになるよう願い出たそうだけど、貴方が男にそんなに肩入れするのは初めてじゃない？　うふふ、余程気に入ったのね」

その言葉に、ミネルバが珍しく動揺したように声を上げる。

「王女殿下、わ、私は男として彼に興味があるわけではありません！　あくまでもこの国に有用な人材だと……」

「ふふ、そういうことにしておくわ。でも貴方がそこまで言うなんて、私もその少年に興味が出てきたわね」

騎士たちの視線はミネルバだけではなく、彼女にも集まっていた。

頭の上に美しく輝く銀のティアラを載せた女性の年齢は、ミネルバと同じ二十代前半だろう。

オリビア・フィーリア・アルファリシア、大国アルファリシアの第一王女である。

凛々しい美しさを持つミネルバと、大国の王女に相応《ふさわ》しい高貴な美を湛《たた》えるオリビア。そんな二人に注目が集まるのは当然だ。

現国王のゼファルディア七世、彼には三人の子がいる。

第一王子である王太子クラウスと第二王子のジュリアン、そして第一王女のオリビアだ。

オリビアは王太子クラウスの妹であり、第二王子ジュリアンの姉である。

ジュリアンが、王位継承権を放棄して国教会《こっきょうかい》の教皇《きょうこう》の座についたため、オリビアは王位継承権第二位にあたる重要人物だ。

非常に聡明で、父親のゼファルディア七世のもと、様々な国事や事業にも関わっている才女である。

ミネルバの銀竜騎士団は、王女オリビアの護衛を国王から任されている。銀竜騎士団にミネルバをはじめ、腕利きの女性騎士が何人も在籍するのは、それも理由の一つだ。

その時、ミネルバとオリビアの傍に控える一人の女騎士が口を開いた。

「ミネルバ様、私はやはり納得がゆきませぬ。その冒険者が未熟であったために、ミネルバ様は怪我をされたともっぱらの噂。そんな男に、銀竜騎士団から報奨金を与えるなどと」

ミネルバはそれを聞いて、美しい顔をしかめた。

「馬鹿なことを。一体誰がそんな下らぬ噂を流したのだ？　レイア」

レイアと呼ばれた女騎士は、唇を噛み締める。

「ですが、実際にミネルバ様はその魔物に手傷を負わされた。このレイアが傍にいれば、決してそんなことには！」

そう憤《いきどお》る彼女の言葉に、オリビアが口を開く。

「ふふ、レイアったらすっかりおかんむりね。ミネルバ、貴方もいけないのよ。久しぶりに羽を伸ばしに城下に出かけたのでしょうけど、魔物に怪我を負わされたと知って、レイアったら真っ青になっていたもの」

レイアは騎士に相応しい仕草でその場に膝をつくと、恭《うやうや》しく二人に頭を下げながら言った。

「大罪である禁呪、人魔錬成を行っている者がいるとしたら確かに由々《ゆゆ》しき事態。ですが、本来なら私が出向けば良い話でした。ミネルバ様がわざわざ足をお運びになることではありません。しかも負傷までされて！　報奨金などとんでもない、私がその男を厳しく処罰いたします」

彼女のその姿を見て、オリビアは肩をすくめる。

「どうするの？　ミネルバ。レイアが怒るのも当然だわ」

「私は剣聖《けんせい》と呼ばれた父上より、ミネルバ様をお守りするために厳しく鍛えられてきました。銀竜騎士団に入ったのもそのため。どのような男かは知りませんが、爵位を与えることなどとても賛成は出来ません」

レイアは、ミネルバやジェフリーの師、剣聖ロゼルタークの娘であり、銀竜騎士団の副長を務めている。

ロゼルターク自身は伯爵であったが、身分を問わず優れた子供たちに剣を教えていた人物だ。

ミネルバはそこでジェフリーと出会い、レイアにも出会った。

天性の素質ではミネルバ。父譲りの技の見事さではレイア。共に天才の名に相応しい女剣士である。

ミネルバは凛々しくも艶やかな美貌、青い髪を靡《なび》かせるレイアは氷のような美貌。それはまさにお互いの性格を表したものかもしれない。

ミネルバは溜め息をつくと、レイアに言った。

「レイア、ならばレオンと戦ってみればいい。そうすればお前も納得するだろうさ」

「な！　こ、この私に冒険者風情《ふぜい》と戦えと？　ジェフリーならばともかく、聞けばまだBランクの冒険者と言うではありませんか？」

たとえギルド長のジェフリーであっても、レイアの敵ではない。それを分かっていてなぜそのようなことを？　という眼差しを向けるレイア。

少しばかり才能があるとしても、たかがBランクの冒険者と戦えなどというのは、あり得ない話である。

オリビアは二人の会話を聞きながら、練兵所の入り口を眺めていた。

そこから入ってくるジェフリーや少年たちの姿を。

「ふふ、どうやら噂をすれば影ね。いいわ、私が許可をします。やってみなさいレイア。私も見てみたいわ、ミネルバがそこまで肩入れする男の実力をね」

王女であるオリビアのその言葉に、レイアは深々と頭を下げると立ち上がる。

「……畏《かしこ》まりました、オリビア様。ただし未熟な冒険者を一方的に叩きのめすことになりますが、ミネルバ様もそれでよろしいのですね？」

「ああ、構わないよレイア。本当に叩きのめせるのならね」

その言葉に、レイアの氷のような瞳が闘志で一瞬青く燃え上がる。

再び二人に一礼をして、くるりと踵《きびす》を返す剣聖ロゼルタークの娘。オリビアはその後ろ姿を見送ると、同情の眼差しで、遠く離れた練兵所の入り口に立つ少年を見つめる。

そして、少し窘めるような口調でミネルバに言った。

「ミネルバったらあんなこと言って。流石にレイアも手加減はするでしょうけど、貴方がお気に入りの彼、きっと痛い目に遭わされるわよ」

オリビアの言葉に、ミネルバは黙って肩をすくめる。

それを眺めながらオリビアは、ふぅと溜め息をついた。

(ミネルバったら、どういうつもりなのかしら？　あそこまで言ったらレイアも引けないわ。彼女の剣の冴えは剣聖と呼ばれた父親譲り、とても勝負になるとは思えないけど)

一方、銀竜騎士団の本部受付で、ミネルバが練兵所にいることを聞いたレオンたちは、その入り口で中を見渡していた。

ティアナが目を丸くして思わず声を上げる。

「大きな練兵所ですね！」

「ああ、そうだなティアナ。流石に大国アルファリシアの騎士団だけはあるぜ」

レオンの言葉にティアナが頷くと、ロザミアも首肯する。

「うむ！　大したものだな」

ジェフリーは、ここまで案内をしてくれた兵士に礼を伝える。

彼が持つ銀竜騎士団からの書簡にはミネルバのサインがあるために、ここまでは丁重に案内された。

だが、その雰囲気はあまり好意的ではない。特にレオンに対しては、敵対的な眼差しが多くの兵士たちから向けられている。

「あいつだろ」

「ああ、あいつが足を引っ張ったせいでミネルバ様がお怪我をなさったそうだ」

「間違いない、アーロンとかいう冒険者から俺はそう聞いたぜ」

「よく平気な顔をして、報奨金など貰いに来れるものだな」

「恥知らずが！」

練兵所の入り口付近にいる兵士たちからは、あえてレオンたちに聞こえるように、そんな声がヒソヒソと広がっていく。

ジェフリーは兵士たちの声を聞いて、眉間にしわを寄せる。

「妙な雰囲気だと思えば、アーロンめ、あいつか！　余計なことを銀竜騎士団の連中に吹き込んだのは！」

アーロンとはＳＳランクの冒険者で、レオンに突っかかるも軽くあしらわれた男である。騎士団より報奨金という栄誉を授かるレオンへの嫉妬から、あらぬことを吹き込んだのだろう。

ギルドには、術師を倒したのはミネルバとジェフリーだと報告されている。それを聞いたアーロンは、まさかレオンが一人で敵を破った上に、秘密裏に二人の治療までしたとは思いもよらなかったに違いない。

練兵所に漂う不穏な雰囲気に、ティアナが怯えたようにレオンに身を寄せる。

ロザミアは鋭い目つきで、腰から提げた剣の鞘《さや》に手を伸ばした。

「心配するな。ティアナ、ロザミア」

一方で、レオンは気にした素振りもなくゆっくりと前に歩を進めていく。

彼の前に一人の女が立ち塞がった。

青く美しい髪、そして氷のような美貌——レイアだ。

その唇が静かに動く。

「どこへ行くつもりだ？」

レオンはそれに事も無げに答えた。

「報奨金を貰いに来た、そこをどいてくれないか？」

その目には恐れも怯えもない。周囲の騎士たちはそれを嘲笑った。

「馬鹿が、レイア様もお怒りの様子だぞ！」

「あいつ分かってるのか？　レイア様はあの剣聖ロゼルタークの娘、手痛く叩きのめされるぜ！」

「ざまあみろ！　任務達成の足を引っ張った挙句、ミネルバ様に怪我を負わせておいて、どの面《つら》をさげて報奨金を貰いに来やがったんだ！」

「当然の報いだぜ!!」

騎士の気品にそぐわない罵声《ばせい》が飛び交う。

異様な雰囲気に、奥で見ていたオリビアは、レオンたちを改めて眺める。

(騎士たちの様子がおかしいわ。このまま放っておくのはいくらなんでも……)

オリビアがそう思ったその時――

レオンに程近い数名の騎士が動いた。

「冒険者風情に、レイア様の手を煩《わずら》わすことなどありません！」

「貴様の未熟さが、尊きミネルバ様に怪我を負わせたのだ!!」

「この下郎《げろう》が、万死《ばんし》に値《あたい》するわ！」

騎士たちが剣を抜いた刹那《せつな》、それは彼らの手元から弾かれて宙を舞う。

そして、騎士たち自身の足元に突き刺さった。その剣の表面は凍り付いている。

「ぐっ!!」

「レイア様！」

「ど、どうして!!」

騎士たちの言葉通りなら、それをやってのけたのはレイアなのだろう。

だがしかし、レイアは剣を抜いてさえいない。

ならばどうやって？

事情を知らぬティアナたちが困惑する中、氷の美貌を持つ剣士は、兵士たちを冷たい瞳で眺める。

「誰が手を出して良いと言った。それもたかが冒険者風情に数名がかりで……銀竜騎士団の名を汚すつもりか？」

「ひ！　ひぃ!!」

それを見ていた他の兵士たちは一斉に囁《ささや》く。

「お、おい見えたか今の？」

「見えるはずないだろ？　レイア様の剣はミネルバ様に匹敵《ひってき》する速さだ」

事態を無言で見守っていたレオンは、静かにレイアを見つめると言った。

「確かに速いな。今の一瞬で剣を抜き、こいつらの剣を弾いてまたしまったか」

レイアの眉がピクリと動いた。

「お前には見えていたとでも言うのか？」

「ああ、ハッキリとな」

レオンと対峙《たいじ》するレイアの体から、冷気にも似た闘気が湧き上がる。

「戯言《ざれごと》を。この場で先程の技を見切ることが出来るお方はミネルバ様だけだ。お前ごときに見えていたはずがない」

「試してみるか？」

レオンの言葉で、レイアの瞳に殺気が宿っていく。

「ミネルバ様の尊いお体に怪我を負わせた罪、大人しく詫《わ》びれば良いものを。剣を抜け、私がお前にその罪をあがなわせてやろう」

それを聞いて、レオンはゆっくりと一歩前に進み出た。

「罪を犯したつもりはないが、やりたければやってみろ。ただし、抜くならそちらから剣を抜いた方がいい。後で抜く暇がなかったと後悔したくなければな」

レオンの挑発の直後、レイアの体から青白い闘気が立ち上る。

その時、ティアナは見た。レイアを中心に足元が凍り付いていくのを。

周囲の兵士たちは口々に言った。

「ば、馬鹿な奴だ！　たわごとにも程がある」

「レイア様を本気で怒らせたぞ！」

「愚かな奴だ、もう叩きのめされるだけではすまん」

「ああ、そもそもあの強い冷気で凍った地面の上では、奴はろくに戦えまい」

オリビアはその光景を見て、慌てて隣のミネルバに声をかけた。

「あの冷気、レイアが本気になった証拠だわ。ミネルバ、もう止めなさい！　あの彼、叩きのめされるだけでは済まないかもしれなくてよ？」

「確かに、レイアの闘気は大地さえ凍《い》て付かせる。並みの剣士ならば、この時点でもう勝負にはならない。ですが……」

意味ありげにミネルバは口を閉じる。

ですが、とは一体どういうことだろうか？

オリビアには、ミネルバがなぜ戦いを止めないのかが分からなかった。

もう勝負はついている。あの冷気、そして凍り付いた地面の上では、まともに剣すら抜けないだろう。

いや、それだけではない。少年の剣も最早《もはや》凍り付いているはずだ。鞘から抜けるのかどうかも怪しい。

レオンはレイアに先に剣を抜けと言ったが、彼女が剣を抜く前に既に勝敗は決している。オリビアにはそう思えた。

ジェフリーは、レイアの周囲に漂う冷気を帯びた闘気に思わず呻《うめ》いた。

「彼女は我が師、剣聖ロゼルタークの娘。そして冷厳《れいげん》の騎士と呼ばれる女レイア。気を付けろレオン、アーロンなどとは次元の違う相手だ……」

アルファリシアの三大将軍に匹敵する腕の持ち主。戦場では敵を震え上がらせ、剣聖と呼ばれた父親同様、この国の英雄の一人に数えられる女だ。その闘気の凄まじさが彼女の実力を示している。

レイアは静かにレオンを眺めると言った。

「もう一度お前に機会を与えよう。犯した罪を悔い、この場を立ち去れ。ミネルバ様より誉《ほま》れあるお言葉を授かるのには相応しくないとわきまえよ」

「断る。言ったはずだ、罪など犯したつもりはないと」

それを聞いて、兵士たちは驚愕の声を上げた。

「あ、あいつ状況が分かっているのか？」

「愚かにも程があるぜ！」

「ああ、クズが！　自分の未熟さがミネルバ様に怪我を負わせたという、己の大罪すら分かっていないらしい」

レオンの答えに、大地はさらに白く凍て付いていく。少し離れて見ていた兵士たちの足元さえも凍り付き、新米の兵士の一人が、

「ひ、ひい！　あ、足元が……」

慌てて足を滑らせて地面に転がった、その時——

レイアの剣が一閃《いっせん》される。

何という速さか！　銀竜騎士団の中でその太刀筋を捉えることが出来たのは、ミネルバだけだろう。

他の騎士たちは皆、レイアが剣を振った後の光景しか見ることが出来なかった。

彼女の剣は、レオンの首筋に突きつけられている。一方で、レオンの剣は鞘から抜かれてもいない。

兵士たちから歓声が上がる。

「馬鹿が！　いきがっていた割に剣すら抜けぬとは」

「流石レイア様だ！」

「勝負にならんわ!!」

勝敗は決した。

オリビアは少しだけ胸を撫で下ろす。

「レイアったら、怒っているように見えて冷静だったのね。とにかく勝負は終わったわ、ミネルバ。流石に相手が悪すぎたようね」

王女の言葉にミネルバは頷いた。

「オリビア様、確かに決着はつきました。ですが、勝ったのはレオンです」

「な!?　ミネルバ、貴方何を言っているの？　勝敗は明らかじゃない」

オリビアの疑問も当然だろう。一方が剣を相手の喉元に突きつけたのに対し、もう一方は鞘からも抜けなかったのだから。

だが、王女が再び二人の姿に目をやったその時――

レオンの首元に突きつけられていたレイアの刃が折れ、その刃先は静かに地面に落ちていく。

凍り付いた大地に突き刺さる刃を眺めながら、レイアの唇が震えている。

「馬鹿な……そんな馬鹿な！」

「残念だったな。見事な太刀筋だったが、俺の剣の方が速かったようだ」

その時、オリビアはようやく気が付いた。

レイアの前に立つ少年は、剣を抜けなかったのではない。

抜いたのだ。剣を抜き、レイアの剣を打ち砕いた後に再び鞘におさめた。そうとしか考えられない。だが、だとしたら何という早業《はやわざ》か！

美しき大国の王女は、その場に立ち尽くしながら思わず呟いた。

「強い……信じられない強さだわ。か、彼は一体何者なの？」

静まり返る銀竜騎士団の練兵所。

剣聖の娘の手に握られた刃先の折れた剣と、その足元に突き刺さった刃が周囲の兵士から言葉を奪っていた。

彼女の強さを知る騎士たちにはとても信じられない光景だ。次第にさざ波のように、周囲の兵士たちの間にざわめきが広がっていく。

「……あの男がやったというのか？」

「そんな馬鹿な、レイア様の剣が折られるなどと」

「そうだ、そんなことがあるはずがない！」

兵士たちが動揺する傍で、冷気で凍り付いていた大地は、レオンを中心にして溶け始めていた。

それを成しているのは、彼を包む真紅の闘気だ。

白く凍て付く大地を溶かす、炎のごとき赤。

（なんだ今の気配は……こ、この私が怯えたと言うのか）

レイアは先程自分が剣を抜いた瞬間、目の前の少年の気配が変わるのを感じた。彼の体から、別人のごとき凄まじい闘気が湧き上がったのだ。

氷のような美貌が屈辱に歪む。

「勝負あったな。俺は報奨金を貰いに来ただけだ、行かせてもらうぜ」

そう言うと、練兵所の奥にいるミネルバたちの方へ足を踏み出そうとするレオン。

だが、レイアがその前に立ち塞がる。彼女の右手には、刃先が折れた剣が握られたままだ。

「ま、待て!!」

レオンは静かにレイアを見つめる。

「どうした、まだ続けるのか？」

「まだ勝負はついていない！」

折れた剣を構えるレイアから立ち上る闘気は、先程よりも増していた。

冷気が剣を包みこみ、氷の刃となって折れた剣先を補うと、青く輝き始める。

美しい冷気の剣をレオンは眺めるが、しかし眉一つ動かさない。

「無駄だ、もう勝負はついた。それはお前が一番よく分かっているだろう？」

「……私にも騎士としての意地がある」

レイアは後方に跳び、一度大きく距離を取る。

（剣聖ロゼルタークの娘が、目の前に立つ相手の剣に小娘のように怯えたとあっては、生きてはゆけぬ！）

そして手にした剣を正眼《せいがん》に構えると、静かに息を吐く。

それを見てレオンは、静かに剣を抜いた。

「いい構えだ。怯えも侮《あなど》りも消えている」

「お前に詫びておこう。下らぬ噂に惑わされ、その力を見誤ったことを」

広い練兵所の中央に立つ二人。青白い闘気と真紅の闘気が揺らめき、それらが触れ合うとバチバチと音を立てる。

何という闘気か！

それは次第に、二人の背後に具現化していくようにさえ見えた。

女の背には美しく輝く青き氷の狼、そして男の背には雄々しき真紅の獅子が。それは幻なのだろうか？

だがそこにいる者たちは、その姿を確かに見たような気がした。

膨れ上がった二人の闘気に、周囲の緊張感は極限まで高まっていく。

その時――

二つの人影が動く。いや、動いたと気が付いた者が、ミネルバ以外にいたのかどうか。それほどの速さだ。

「おぉおおおおお!!」

「はぁあああああ!!」

そこには瞬時に交差し、先程とは位置を入れ替えている二人の姿があった。

まさに刹那の攻防だ。一体何があったのか、騎士たちには窺い知ることすら出来なかった。

レオンの髪が、僅《わず》かに一房斬り落とされて風に舞った。それを成したのはレイアの剣だ。

恐ろしいまでの技の冴え、そして迷いのないその太刀筋。剣を振り切ったレイアの姿は、周囲の者が見惚れるほど美しかった。

レオンは静かに笑みを浮かべた。

「見事だ。剣聖ロゼルタークか、お前の父は良い剣士だったのだな」

レイアはゆっくりと振り返った。

そして、微笑んだ。普段は決して見せることのないその表情は、とても美しい。

「名を教えてくれ、私に勝った男よ」

そう言って、ゆっくりと崩れ落ちる青い髪の美剣士。その体を、いつの間にか彼女と剣を交えた少年が支えていた。

「俺の名はレオン」

レイアは美しい笑みを浮かべたまま、男の名前を繰り返した。

冒険者風情と、気にも留めていなかったその男の名を。

「レオンか……良い名だ。そなたと剣を交えたことを誇りに思う」

そう呟くと、レイアはレオンの腕の中で、眠りにつくがごとく意識を失っていた。

レオンは彼女を腕に抱いたまま、足を前に踏み出した。

遠巻きに二人の戦いを見ていた騎士たちは、気圧《けお》されて後ずさり、左右に分かれて彼の前に道を作り出す。

「ほ、本当にあいつがレイア様を」

「し、信じられん」

「あのレイア様が」

道の先には、銀竜騎士団を束ねるミネルバと王女オリビアが立っていた。

自分たちに向かって歩いてくるレオンを、暫くは呆然と眺めていたオリビア。だが、レイアのぐったりとした姿に気付き、思わず駆け寄った。

レオンに抱かれて気を失っているレイアを、心配そうに見つめる。

そんな王女にミネルバは言った。

「オリビア様、ご安心を。レオンの剣から放たれた闘気で当身《あてみ》を受け、気を失っているだけです」

「そ、そう、良かったわ」

恐るべきはミネルバだろう。彼女は二人の戦いをしっかりと見極めていたのだ。

レオンはミネルバを睨みつけた。

「ミネルバ将軍、報奨金を貰いに来た」

少年の目を見て、ミネルバは肩をすくめる。

「怖い顔をして、まるで私がけしかけたみたいじゃないか」

実際のところ、それはあながち違うとも言い切れない。

一方で、ぐったりとしたレイアを見つめていたオリビアは顔を上げ、キッとレオンを睨みつける。

「レオンと言いましたね、レイアはこの私の騎士！　彼女から仕掛けたこととは言え、ここまでする必要があったのですか⁉」

レイアは、オリビアにとって大切な騎士だ。権謀術数《けんぼうじゅっすう》が渦巻く王宮の中にあって、ミネルバ同様、心を許せる友人とも呼べる存在である。昏倒した友の姿に、思わず憤りの気持ちが出てしまう。

レオンの後に続いて傍にやってきていたジェフリーは、慌てて彼の耳元で囁いた。

「レ、レオン。このお方は我が国の第一王女、オリビア殿下だ。お前が倒したレイアはその直属の騎士でもある。言いたいことはあるだろうが、まずは殿下に詫びてくれ」

ジェフリーの心配ももっともである。何しろ相手は大国アルファリシアの王女だ。

一向に何も答えようとしないレオンに苛立ちを隠し切れず、オリビアの高貴な美貌が怒りに染まっていく。

「決着はもうついていたわ、貴方ほどの剣士なら分かっていたでしょう！　それほど、皆の前でレイアを打ちのめし、勝ち誇りたかったの⁉」

レオンは、静かにレイアを見つめるとオリビアの問いに答えた。

「この女が本物の戦士だからだ、オリビア王女」

「え？」

オリビアは目の前の少年を見つめた。

「だから俺も、その魂に戦士として応えた」

彼女は目の前の男から目を離すことが出来なかった。

彼の態度は王者のごとく堂々たるもの。見た目は僅か十五、六歳の少年だが、オリビアには自分よりも年上の逞《たくま》しい男のように思えてならなかった。

オリビアは大国の王女だ。そして、聡明さと美しさも兼ね備えている。

周りの男たちの多くは、自分に媚びる者たちだ。愚かな女であればそれで良かっただろう。オリビアにとって、聡明であったことはある意味で不幸でもあったに違いない。

媚びるか、王女である自分を利用するために近づくか。幼い頃からそんな男たちの心を敏感に感じ取ってきたのだから。

だが、目の前の男は違う。オリビアの身分など、まるで気にした素振りはない。

王女はもう一度レイアを見つめた。

「レイア……」

レオンの真紅の闘気に包まれているレイア。

まるでそれが彼女の体を回復させているかのように、レイアはゆっくりとその瞼《まぶた》を開く。

「オ、オリビア様。レオンは、私の騎士としての意地に付き合ってくれたまで。お怒りはどうかこの私に……」

そして青い髪の剣士は、自分がレオンの腕に抱かれていることに気が付いて、少しだけ頬を染めた。

冷厳の騎士と呼ばれた女にはあり得ない表情だ。レイアの切れ長の瞳が、自分を見つめるレオンから恥ずかし気に逸らされる。

「レオン……一人で歩ける。降ろしてくれ」

「無理をするな。まったく、そんなところはミネルバ将軍によく似ている」

「ミネルバ様と？」

どういう意味なのか分かりかねて、レイアはミネルバを見つめた。

当のミネルバは顔を赤く染めて咳払《せきばら》いをした。その脳裏には、レイアのようにレオンの腕に抱かれていた昨日の自分の姿が、否応なしに思い出される。

「ほ、報奨金だったね。場所を変えよう、今日はオリビア殿下にも坊やのことを紹介するつもりだったんだ」

レオンは、王女に改めて深々と一礼するとミネルバを睨む。

「どういうことなんだ？ミネルバ将軍。例の一代貴族の件なら今は考えてないと断ったはずだ。光栄な話だが、俺には王女殿下に紹介してもらう理由がない」

それを聞いて、オリビアは驚いたようにミネルバに尋ねる。

「どういうこと？　ミネルバ。貴方がお父様に頭を下げてまで願い出た話を、彼は断ったのですか？」

「ええ、私が後ろ盾になり、将来を約束すると言ったのですが」

オリビアはそれを聞いてレオンを眺めた。

「ミネルバが後ろ盾になる話まで……分かっているのですか？　一代貴族とはいえ、このアルファリシアの爵位にどれほどの価値があるのかを」

レオンはそれがどうしたと言わんばかりに肩をすくめる。

美しい王女は驚きながらも、目の前の少年に強い興味を抱かざるを得なかった。

(今まで私の周りにいた男とは違う。それにレイアを倒したあの剣の腕、興味がないと言ったら嘘になるわ)

オリビアは暫く考え込むと、ミネルバに命じた。

「ミネルバ、この者たちを私の部屋に通しなさい。今回の事件は大罪である人魔錬成が絡んでいると聞きました。事の経緯には私も関心があります。事と次第によっては、騎士団からではなく王女であるこの私の名をもって、報奨金を授けましょう」

「オリビア殿下から？」

ミネルバの言葉にオリビア王女は頷く。

「それに、レオン。貴方のその腕を見込んで、一つ、私から頼みたいこともあるのです。ミネルバの言う通り場所を変えましょう」

◇　◆　◇　◆　◇

私の名はレイア・ロゼルタークナ。

剣聖と呼ばれた父を持ち、オリビア殿下や公爵令嬢であられるミネルバ様にお仕えする、誇り高い騎士だ。

その私にこんな真似を……まったく、あり得ない話だ。他の男が私にこんなことをしたとしたら、決して許しはしないだろう。

王宮の廊下ですれ違う侍女たちが、目を丸くしてこちらを眺めている。そしてヒソヒソと話をする声が聞こえた。

「まあ！　あれ、レイア様ですわよね」

「嘘でしょ……あのレイア様が殿方に抱きかかえられて。まさかお怪我でもなさったのかしら？」

侍女たちは続いてレオンに目を向ける。

「ねえ、誰なのかしらあの少年」

「さあ、見かけない顔だもの。銀竜騎士団の見習い騎士か何かじゃない？」

「結構可愛い顔しているわよね。あんなことさせるなんて、レイア様の好みのタイプなのかしら」

「嘘！　私、レイア様のファンなのに。凛々しくて殿方よりも素敵ですもの」

ミネルバ様が軽く咳払いをすると、侍女たちは蜘蛛《くも》の子を散らすように去る。

私は、自分を腕に抱きながら王宮の廊下を歩く少年の顔を見上げた。

まだ十五、六ぐらいの少年の腕の中にいるなど、羞恥《しゅうち》でおかしくなりそうだ。まるで花嫁のように、私は抱きかかえられている。

可愛い、か……

部下にも多くの男の騎士たちがいるが、そんなことを考えたことがない。

レオンは確かに整った顔立ちをしている。侍女たちがそう言うのだから、客観的にもそうなのだろう。

それにしても、見習いの騎士とは。この少年が私の剣を折り、正面から叩き伏せたなどとは思いもしないだろう。

あの技のキレ、そして体から湧き上がる闘気。対峙した時に感じた気配は掻き消えて、今私を抱きかかえて歩く少年とは別人としか思えない。

私を包むこの闘気は優しく、それが体を癒してくれているのが分かる。

羞恥は感じるが、この腕は逞しく心地よい。どうかしていると思うが、もう暫くこうしているのも悪くはない。そんな風にさえ思えた。

気が付くと、隣を歩くミネルバ様がジッと私を見つめている。

「レイア、お前、もう自分の足で歩けるのではないか？　眼差しも先程に比べてしっかりしているように見えるけどね」

「え？　ミ、ミネルバ様！　もしも歩けるのであれば、私がいつまでもこのようなことを許すとでも……」

私は慌てて身を起こそうとする。だが、レオンは私をしっかりと離さずに言った。

「どうせもうすぐ王女殿下の部屋に着くんだろう？　大人しくしていろよ、レイア」

まったく、本当に生意気な男だ。どう見ても私より年下の少年なのに。

「……わ、分かった」

何を納得しているのだ、私は。

他の男にならば一喝《いっかつ》してるところだ！　私の体に触れるなと。

そもそも、こういうことは好いた男にしか許してはならぬと聞いたことがある。父上がそう言っていた。

す、好いた男だと？　馬鹿馬鹿しい。こんな時に何を下らぬことを思い出しているのだろう。

私は王女殿下とミネルバ様に仕える騎士だ。普通の女のように、男に心を寄せるなどあり得ない。

「どうしたのです？　まるで熱に浮かされたように顔が赤いですよレイア。レオン、レイアは本当に大丈夫なのですか？」

「ん？　おかしいな、オリビア王女。熱などないはずだ、俺の闘気の一撃で受けたダメージもそろそろ回復するだろうし」

そう言ってレオンは、無造作《むぞうさ》に私の額に自分の額を当てた。

「な、な、何をする!?」

目の前にレオンの顔が迫って、思わず声が裏返ってしまう。

「何をって、熱があるか確認してるんだが。どうかしたのか？」

「そ、そうか……な、なんでもない」

ミネルバ様が私の顔を覗き込むと、ふぅと溜め息をついた。

「レイアなら心配はいりませんよ、殿下」

「なぜ分かるの？　ミネルバ」

首を傾げるオリビア殿下。ミネルバ様はジト目でレオンを見つめた。

「私もそうなったからね……まったく、坊やが悪いんだよ」

「俺が悪い？　どういうことだ」

「ば！　馬鹿だね!!　分からないならいいさ」

そう言ってプイッとそっぽを向くミネルバ様は、普段の様子とはどこか違う。

いつもは凛々しい騎士の側面しか表に出さぬお方が、今日はドレスを着ていることもあって、女性らしく艶やかだ。

それにしても、レオンとミネルバ様の間に一体何があったのか。少なくとも、あの下らない噂通りではないことは確かだ。

これほどの腕を持つ冒険者は他にはいない。ミネルバ様の足を引っ張ることなど、レオンならあり得ないだろう。

いや、それどころか……私は思わず呟いた。

「そうではなく、まさかその逆か？」

レオンがミネルバ様を助けたのか！　だとしたら、話の辻褄《つじつま》が合う。

負傷されたミネルバ様と、それを治療したレオン。その時に私のようにこの腕に抱きかかえられたとしたら。

だが……あり得ない話だ。

人魔錬成を成し得るほどの魔導士は、危険な存在ではある。しかし、ミネルバ様を追い詰めるほどの術者など、そういるはずもない。

もしいるのだとしたら、放置は出来ない。しかも、そんな術者がこの国の中を我がもの顔でうろついていたことになる。

「もしかして、例の一件と何か関係があるのか」

私はあることを思い出していた。もしそうだとしたら、恐らくオリビア殿下の言う『依頼』とも関わってくることになる。

最近この国で起こっている不可思議な出来事、この事件もその中の一つだとしたら。

私はレオンの腕の中から降りて、床に立つ。まだふらつくが、大分回復した。平衡《へいこう》感覚も戻り、辛うじて自分の足で立つことが出来る。

目の前には白く大きな扉がある。いつ見てもそれは、見事な細工が施された扉だ。

レオンが私に尋ねる。

「ここが王女殿下の部屋だな？　レイア」

「ああ、そうだ。レオン、お前に幾つか尋ねたいことがある。殿下のお部屋で、例の人魔錬成の一件について、もっと詳しく話を聞かせてもらえないか？」

レオンの腕の中で感じた不思議な感覚を自分の中に抑え込み、私はようやく騎士としての自分を取り戻していた。

2　王女からの誘い

「うわぁ！　凄いわ、これが王女様のお部屋……」

隣でティアナがそう声を上げる。

俺もオリビアの部屋の中を見て、思わず言った。

「確かに、これは凄いな」

「うむ！　主殿。調度品や絵画も、素晴らしい物ばかりだ」

ロザミアも白い翼をパタパタとさせながら、壁にかかった絵画を眺めている。恐らくそのどれもが、名のある画家が描いたものだろう。

そして、アンティーク調の家具には華美な雰囲気はなく、全体が見事に調和している。まるで部屋全体が一つの芸術作品のようだ。

オリビアが白いテーブルの上に置かれた黄金の鈴を鳴らすと、数名の侍女が隣の部屋からやってくる。そこに控えていたのだろう。先程廊下ですれ違った侍女とは、少し違う雰囲気の侍女たちだ。比較的高い身分の貴族の子女と見受けられる。

何しろ王女付きの侍女だからな。練兵所には侍女たちに代わってミネルバたちが同行していたため、部屋に控えさせていたようだ。

オリビア王女は、侍女たちにお茶と茶菓子を持ってくるように伝える。

優雅にお辞儀をして、部屋を後にする侍女たち。彼女たちが去ると、王女はこちらに向き直る。

「まずはレオン、レイアを治療してくれたこと、感謝します。もちろんここまで運んでくれたこと

とも」

「構わないさ、オリビア王女。レイアは少し嫌がってたけどな」

途中で降ろしてくれと言っていたからな。治療を兼ねていたから、俺にとってはあの方が都合が良かったんだが。

レイアが、軽く咳払いをしながら言う。

「べ、別に嫌だとは言っていない。少し恥ずかしかっただけだ、私にも立場というものがある」

それを聞いてオリビアがクスクスと笑った。

「ふふ、そうね。凛々しく名高い銀竜騎士団の副長が、まるで花嫁のように抱きかかえられて運ばれているんですもの。侍女たちも目を疑ったでしょうね」

「は！　花嫁などと!!　お、オリビア様、お戯《たわむ》れが過ぎます」

王女がからかうと、レイアの氷のような美貌が少し赤く染まる。

オリビアは笑みを浮かべたまま、俺たちに先程の白いテーブルの周りにある椅子に座るよう促した。優雅なその仕草は、いかにも大国の王女といった気品に溢れている。

ロザミアは国は違えど元聖騎士ということもあり、気後《きおく》れすることもなくそれに従った。

ジェフリーギルド長も促されるままに着席する。だが、ティアナはすっかり恐縮した様子で、俺の服の袖口をギュッと掴んでいる。

「どうした？　ティアナ」

「あ、あの、私場違いじゃ……そ、外で待っています」

「何言ってるんだ。俺の隣に座ればいいさ。心配するな、ティアナは俺の大事な仲間なんだから」

俺の言葉にティアナは頷いた。不安が和らいだのだろう、その顔に笑みが浮かぶ。

「は、はい！　レオンさん」

ミネルバもそんなティアナを見て頷いた。

「ふふ、昨日は子供たちと楽しく食事をさせてもらったからね。それにティアナがヒーラーとしても優秀なことは知っている。遠慮はいらないさ」

闇の術師に奥義《おうぎ》を放って力を使い果たしていた時に、俺の後を引き継いで、ミネルバやジェフリーを回復させたのはティアナだ。その優秀さはミネルバもよく分かっているのだろう。

「そんな、ミネルバ様。子供たちの方こそ、ミネルバ様がいらしてくださってとても喜んでいました！」

二人の会話を聞いて、オリビアはミネルバに尋ねた。

「ミネルバ。貴方、彼らの家を訪ねたのですか？」

王女に尋ねられて、ミネルバは俺たちがいる教会のことを説明した。

それを聞いてオリビアが首を傾げる。

「でもどうして？　今日になれば、報奨金を受け取りに彼らの方からやってくると分かっていたでしょうに」

「そ、それは……」

口ごもるミネルバを眺めながら、俺も王女に同意する。

「確かに。どうせ今日会うんだ、わざわざ公女様に来てもらうことはなかったよな」

ミネルバは美しい顔で俺を睨むと、ツンとした顔で言う。

「悪かったな、わざわざ出向いて！　私は楽しかった。坊やと違って子供たちは歓迎してくれたからな！」

ミネルバの奴、何を怒ってるんだ？

「いや、誰も歓迎してないとは言ってないだろう？　俺も楽しかった、子供たちも喜んでたからな。感謝してるぜ、ミネルバ将軍」

「まったく、なら素直に最初からそう言えばいいじゃないか」

俺を再び睨むミネルバ。そんな俺たちのやり取りを、オリビアは黙って見つめている。そして意味ありげな笑みを浮かべて、ミネルバにこう言った。

「ふぅん、ミネルバがドレスなんて着ておかしいとは思ったのだけれど。やっぱりそういうことね」

「そういうこととはどういう意味だ？　オリビア王女」

俺が王女に問い返すと、彼女は悪戯《いたずら》っぽい笑みを浮かべる。

「さあ、どういう意味かしらね。ねえミネルバ」

「オリビア様！」

そんな会話の中、侍女たちが紅茶と茶菓子を運んでくると、それを皆の前に並べていく。良い香りがするお茶と、美味そうなクッキーだ。一流の職人が焼いたものだろう。とてもいい匂いがする。

ロザミアがそのクッキーを見て、翼をパタパタとさせるとごくんと唾を飲み込んだ。

「はわ！　これを全部食べてもいいのか!?」

いやいや落ち着け。放っておくと全員分を平《たい》らげてしまいそうである。

王宮の中ということもあって、シルフィには姿を隠してもらっているが、いたら真っ先に突っ込みが入りそうだ。ティアナが心配そうにロザミアに囁く。

「ロザミアさん、駄目ですよ。ここは王宮ですもの、家に帰ったらいっぱいお料理作ってあげますから」

「こほん。わ、分かっているティアナ。自重しよう」

おいロザミア、本当に分かってるのか？　その可愛い口元から少し涎《よだれ》が垂れてるぞ。凛々しい元聖騎士としての美貌が台無しだ。王女の部屋でいつもの勢いで食べられては事だからな。

オリビアは、侍女たちに外で待つように声をかける。人払いをしたようだ。それから優雅に紅茶を一口飲み、俺をジッと見つめてくる。

俺は彼女に尋ねた。

「そろそろ聞かせてもらおうか、オリビア王女。俺に頼みたいこととは一体何なんだ？」

その言葉には答えずに、オリビアは席を立つ。そして、机の上に置かれた革袋を手に取った。

それは先程侍女の一人が持ってきたものだ。王国のシンボルマークが入った美しい革袋である。

そして、ミネルバのサインが入った報奨金の授与証明書に、自分の名も書き連ねる。それを革袋と共に、俺の目の前に置いた。

「これは騎士団からの報奨金です。白金貨五枚が入っています。私とミネルバの名で貴方に授けましょう」

それを聞いてティアナが目を丸くした。

「白金貨！　わ、私、白金貨なんて見たことありません！」

ロザミアも、俺が革袋から取り出した五枚の大きく美しい白金貨を眺めながら呟く。

「白金貨といえば一枚で金貨十枚分にはなる。それが五枚も……凄い大金だ！」

「ああ、だが多すぎる。これでは金貨五十枚分だからな。報奨金は確か金貨十枚のはずだ」

俺の言葉にオリビアは頷いた。

「ええ、残りは新しい仕事の手付金《てつけきん》です。もちろんこれだけではありません。もし仕事が成功したのなら、貴方が望むものを何でも一つ授けましょう」

「望むものを何でも一つ、か。ずいぶん太っ腹だな、オリビア王女」

オリビアは俺を見つめて微笑む。

「貴方にはそれだけの価値がある。違うかしら？」

「過分な評価をいただいて光栄だ」

気品に溢れた王女は楽しそうに目を細める。

「ふふ、過分だとは思わなくてよ。レイアを相手にあんな戦い方が出来る男ですもの。正直に言うわ、私は貴方が欲しいの。望むのなら一代貴族ではなく、貴方に相応しい爵位を用意してもいいわ。例えば伯爵なんてどうかしら？　このアルファリシアの伯爵ともなれば、小国の王位よりも遥かに力があるわ」

「殿下！　そこまでの約束を、陛下のお許しもなくされるのは……」

ミネルバが諫《いさ》めるようにオリビアにそう言った。

オリビアは優雅に微笑みながら、ミネルバに答える。

「あら、ミネルバ。貴方にとっても都合がいいのではなくて？　彼が伯爵になれば、貴方とも釣り合いの取れる男になるわよ」

「ミネルバと釣り合いが取れる？　一体どういうことだ」

俺がミネルバを見つめると、その整った顔が一瞬にして真っ赤に染まる。

だが、王女の言葉に心外《しんがい》だという顔をしてミネルバは立ち上がった。艶やかな赤いドレスの裾《すそ》がひるがえる。

「オリビア様、言ったはずです！　私は、そのような浅ましい心でレオンを一代貴族にと願い出たのではありません！　彼がこの国にとって有為な人材だと思えばこそ」

「ふふ、分かっているわよ、ミネルバ。でもそうなることを、望まないわけではないでしょう？」

「そ、それは……」

一方で、ティアナは俺の隣で不安そうにこちらを見つめている。

「レオンさんが伯爵に……」

しかし、すぐにその不安を吹き払うように、小さく頭を左右に振った。

そして、俺に陰りのない笑顔を向ける。

「レオンさん、王女殿下のご依頼を受けてください。レオンさんには私たちの教会よりももっと相応しい場所があります、そう思うんです」

俺はふぅと長い息を吐いた。そしてオリビア王女に答える。

「悪いが、爵位を押しつけられるならこの話は断る。ミネルバ将軍にも、貴族の一件は考えていないと言ったはずだ」

オリビアは悪戯っぽく笑った。

「あら、いいのかしら？　そんなに簡単に答えを出してしまっても。二度とないチャンスかもしれなくってよ」

「レオンさん！　駄目です、こんないいお話断ったら……駄目です」

俯《うつむ》くティアナは、ポロポロと涙を流している。口では送り出そうとしながら、俺があの教会を出ていくことが寂しいのだろう。その上で、俺に対する王女の申し出を心から祝福してくれているに違いない。

ティアナらしいな。俺はその頭を撫でた。

「泣くなよティアナ。まだ仕事の内容も聞いてないんだ、気が早すぎるぜ。それにもしも貴族になるのなら、お前も必ず連れていく。もちろんロザミアやチビ助たちもな」

「レオンさん……」

当然だといった顔をするロザミアとは対照的に、ティアナは困ったような、だが嬉しそうな顔をして笑った。

ティアナにとっては、貴族の世界など想像もつかないのだろう。

そして、頭を撫でる俺を少しだけ睨む。

「ぐす……わ、私、もう子供じゃありません」

それを見て、オリビアはミネルバに囁いた。

「ふふ、ミネルバ。貴方にはずいぶん可愛いライバルがいるようね」

「殿下、お戯れはいい加減になさってください。それよりも仕事の話を」

「ええ、そうね。レオン。報酬を今すぐに決めてとは言っていないわ。あくまでも成功報酬なのですから。その時に貴方の願いを聞かせてもらうわ」

オリビアはそう言うと、レイアに声をかけた。

「レイア、私がレオンに依頼したい内容は分かっているでしょう？　例のものを持ってきてくれるかしら」

「畏《かしこ》まりました、殿下」

レイアは王女の執務机に向かい、引き出しから一枚の紙を取り出した。そして、それを今俺たちが座っているテーブルの上に広げる。

「これは……アルファリシアの地図だな。しかし、この印はなんだ？」

俺たちの前に広げられたのはこの国の地図だ。そして、その上には複数のバツマークが記されている。レイアが俺の問いに答えた。

「レオン、今回の人魔錬成の一件だが、オリビア殿下はこれが単独の事件だとは思っておられないのだ。左様《さよう》でございますね、殿下？」

「流石ねレイア。ここ最近、都の周りで妙な事件が起きているの。銀竜騎士団と共にその情報を集めた結果がこれよ」

オリビアはそう言うと、レイアが地図と一緒に持ってきた羽根ペンで新たな印を地図上に打つ。

そして、その横に今回の事件の顛末《てんまつ》を簡潔に書き記していった。

「初めは、通常はその場所では見かけないような魔物の出現報告、そしてその件数が十件を超え始めた頃に、魔石の魔物の噂話。さらには今回の喋るオーガ事件」

王女の言葉にミネルバが頷く。

「そして、その二つは同一犯の仕業だった。そうなると、その他の件も、あの男の仕掛けたものである可能性があるのではと、私や殿下は考えているのさ」

ミネルバは『あの男』と言った瞬間に体を震わせた。体の自由を奪われ、いいように使役《しえき》された時のことを思い出したのだろう。屈辱と怒りにその美貌が歪む。

俺は改めて地図を見つめた。

都の周りに集中する印。だが、都以外にも印が打たれている場所がいくつかある。

「ここは都から離れているな」

俺がそう尋ねるとオリビアが頷く。

「ええ、私たちも変だと思ったのよ。妙な出来事は、最初は都から離れた場所で起きていた。でもそれは次第にこの王都に集中し始めている」

「何か思い当たることがあるのか？　オリビア王女」

オリビアは真剣な眼差しになると、俺を見つめて口を開いた。

「初めは気が付かなかったわ、でも共通点があるの。この印が打たれた場所、そしてこの都に相通《あいつう》じるもの」

「共通点？　この印が打たれた場所に何があるんだ、オリビア王女」

俺は思わず尋ねた。オリビアは頷くと答える。

「慰霊祭《いれいさい》よ」

「慰霊祭？」

意外な答えに、俺は問い返した。

「ええ、戦争で命を落とした兵士たち。彼らの魂の安寧《あんねい》を祈るために、お父様は各地の国教会を回られた。それに前後して、その周辺で妙な事件が起きているの」

「国王が参列する慰霊祭か。大規模なものなんだろうな？」

俺の問いにオリビアは頷く。

「ええ、この国の主要な都市で順を追って行われたわ。近隣の住民も多く訪れていたそうよ。そして、この都でももうじき国内最大の慰霊祭が行われる予定なの。国教会にお父様が出向かれて、ジュリアンと共に慰霊の儀式を行うわ」

ジュリアン王子か、オリビアの弟だな。王子でありながら王位継承権を捨て、教皇の座についたと聞いている。

オリビアの言葉にレイアが頷いた。

「レオン。オリビア殿下は、王都での慰霊祭の実務を陛下《へいか》より任されていらっしゃる。そこで陛下の尊い御身《おんみ》に万が一のことがないよう、念のため、各地の慰霊祭での出来事も綿密にお調べになられたのだ」

「その中で浮かび上がってきたのが、この地図に記された一連の出来事だってことか？」

俺の問いに王女は首を縦に振る。

「ええ、正直言って確信はなかったわ。でも、今回の一件で闇の魔導士の存在が明らかになった。そうなると今までのことも偶然だとは思えなくなったのよ」

慰霊祭が行われたのは、主要な都市だと言っていた。

周辺では他にも膨大な数の出来事があっただろう。その中から関連性のある事件を洗い出したとしたら、この王女は優秀だ。聡明だと言われているのも分かる。

オリビアは俺に言う。

「禁呪に手を染めるような闇の魔導士にとって、大規模な慰霊祭は力の源になるもの」

「確かにな、連中は人間の怒りや悲しみといった負の感情を利用する。国王が参列するほどの慰霊祭ともなれば、肉親を失った多くの国民が参加するだろうからな。もしも闇の手の者が動くなら、慰霊祭に向けて遺族が集まりつつある都の近辺は、格好の場所に違いない」

「ええ、労せずして大きな負の力を得られるでしょうから」

ティアナが両手をギュッと握りしめる。

「そ、そんな……酷いわ。愛する人を亡くして、悲しんでいる人たちを利用するなんて」

「ティアナ」

俺は震える彼女の手をそっと握った。ティアナも、自分を育ててくれた神父を亡くしたばかりだからな。それにシスターとしても、神への冒涜《ぼうとく》が許せないのだろう。

元聖騎士であるロザミアも、怒りを噛み殺したように言う。

「外道《げどう》め。次に現れた時は、私も主殿と一緒に戦う！」

邪悪なヴァンパイアに支配されていたロザミアの気持ちを思えば、闇の存在への怒りはよく分かる。

俺はオリビアに尋ねる。

「だが、大国アルファリシアの国王陛下が参列するんだ。闇の魔導士など慰霊祭には近づけないだろう？」

「ええ、各地の慰霊祭でも、騎士団はもちろん宮廷魔導士たちが辺りの警戒を務めていたわ。怪しい人間の魔力を感じればすぐに捕らえていたはず。でも、そんな気配を感じ取った者はいなかったそうよ。けれど、事件は起こった」

オリビアの言葉に俺は首を傾げる。

「つまり相手は、何らかの方法を使って、包囲網を潜り抜けている可能性があるってことか？」

「ええ、そうとしか思えない。だとしたら厄介だわ、次第に事件が大きくなっているもの」

砕けた魔石と共に消え去った男——俺はあの術師のことを思い出す。

何者かは知らんが、確かにあの男ならやりかねないな。

ミネルバが俺を真っすぐに見つめている。俺は肩をすくめるとその視線に応えた。

「つまり、俺の仕事は国王陛下の護衛か。王都での慰霊祭が何事もなく終わるように、護衛しろと言うんだな？」

「ああ、そうだ坊や。もちろん私やレイアも一緒に動くつもりさ。そして黒幕のあの男を今度こそ必ず捕らえる！　そのために、手を貸してくれないか？」

ミネルバの瞳に強い意思が宿る。あの男のせいで味わった屈辱が思い出されるのだろう。握りしめた拳が震えている。

俺はオリビアの方に向き直ると尋ねた。

「国王を護衛し黒幕を捕らえる、か。だが、どうして俺にこんな重要な役どころを依頼するんだ？ミネルバやレイア、それに他の騎士団もいる。国王の周りにはいくらでも優秀な騎士がいるだろう」

「ええ、でも貴方以上となるとどうかしら？」

オリビアはそう言うと、少し悪戯っぽい目で俺を見る。それは王女でありながら好奇心旺盛《おうせい》な側面を持つ女性として、彼女の魅力を増しているように思えた。

「人魔錬成の事件、貴方がミネルバに助けられたとは思えないの。本当はミネルバを貴方が助けたのではなくて？　事件の後のミネルバの態度、お父様への一代貴族の願い出、そして貴方の神業とも呼べるあの腕前、そう考えれば全てに納得がいくわ」

真実を突いたオリビアの言葉に、ミネルバがピクンと反応した。

そして、深々とオリビアに頭を下げる。

「殿下、仰る通りです。恥ずかしながら私はあの術師に不覚《ふかく》を取りました。そしてそれを救ってくれたのはレオンなのです。今まで隠していたことをお詫びいたします」

「ふふ、いいわそんなこと。彼との約束だったのでしょう？　命を救ってくれた男との約束を貴方が守りたい気持ちは分かるわ」

俺の正体を含めて明かさないことを、ミネルバは約束した。主である王女に対しても、それを固く守ってくれていたのだろう。

王女は微笑みを浮かべたまま俺を見つめる。

「でも、正直に言うと気になるわね。レオン、貴方は一体何者なの？」

「どういう意味だ？　オリビア王女」

オリビアの眼差しは、テーブルの上の俺の右手を捉えている。そして静かに口を開いた。

「レイアと戦った時、貴方の右手に浮かび上がった紋章。私はそれと同じものを以前見たことがあるのよ」

「俺と同じ紋章を？　オリビア王女、それは本当なのか！」

オリビアは、静かにこちらを見つめている。

「顔色が変わったわね。まさかとは思ったけど……四英雄、本当に実在するなんて」

それを聞いて、レイアが驚いたような表情でオリビアを見つめる。

「殿下、四英雄とはあの伝説の四英雄のことですか⁉」

「ふふ、レイア。剣聖ロゼルタークの娘である貴方なら、彼らの名前ぐらい当然知っているでしょう？」

レイアはオリビアの言葉に頷きながら、しかし首を横に振った。

「確かに知ってはいますが、オリビア殿下、まさかレオンがその一人だとでも？　そんなはずはありません。彼らは伝説上の存在で、実在したのかどうかさえ定かではない、数千年前の人物ではありませんか⁉」

「ええ、私もそう思っていた。だから、レオンの右手の紋章を見た時も最初は気が付かなかったわ。かつて見たあの紋章と同じものだとはね」

王女はそう言うと、ミネルバを見つめる。

「ミネルバ、貴方が隠している彼の秘密はこのことではなくて？」

「殿下……そ、それは」

ミネルバはこちらに目をやった。俺との約束がある、自分の口からは言えないということだろう。

ドレス姿の美しい公爵令嬢の顔が、王女に対する忠誠と俺との約束の間で揺れている。

一方で、ティアナは王女の言葉に不思議そうに首を傾げて、俺を見つめる。

「四英雄？　レオンさん、何のことですか」

ロザミアは黙って俺を見つめていた。美しい白い翼が小さく羽ばたく。

最初からロザミアは俺を只の冒険者ではないと感じていたようだが、少し驚いた様子なのは、オリビアの口から出たのが四英雄などという伝説上の者たちの名だったからだろう。

そんな中、俺はティアナに答えた。

「何でもないさ、俺は俺だ」

ジッと俺を見つめるティアナはコクリと頷いた。

ティアナには話すつもりはなかったが、こうなった以上仕方ないだろう。

ジェフリーもこちらを見て頷いている。ここまできたらオリビアやレイアには話した方が良いと思っているのだろう。

ミネルバやジェフリーが信頼している二人なら心配はなさそうだが、それにしても……

「オリビア王女、なぜこの紋章を知っている？　その答えをまだ聞かせてもらっていない」

「言ったでしょう？　実際に見たのよ、ある場所でね。そこには四人の英雄の姿が壁に刻まれていた。中でも最も雄々しく、全身から溢れる獅子のごとき闘気と共に描かれていた男」

高貴な王女は、少し興奮した眼差しで俺を見つめている。

そしてその美しい唇を開いた。

「伝説の四英雄、その中でも最強と謳《うた》われた男――獅子王ジーク。レオン、それが貴方の本当の名ではなくて？」

静まり返る王女の部屋の中で、俺は心を決めて王女の問いに答えた。

「言ったはずだ、俺の名はレオンだと。だが、かつてそう呼ばれていたことがある。もう遠い昔の話だ」

レイアの氷のような美貌が、驚愕に揺れている。彼女の瞳は俺を見つめていた。

「獅子王ジークだと……まさか、本当なのかレオン？　だが、ならばあの技の切れも納得がいく。しかしどうしてだ？　なぜ、数千年前の世界に生きていたはずの男が」

「さあな、俺にも分からない。二千年前のあの日、俺は死に、気が付いた時にはこの世界に生まれ変わっていた」

俺はティアナを見つめる。正直に言うと少し不安を感じていた。

こんな話を聞いて、ティアナがどう思うのかと。今までと同じ関係でいられるのかと。ティアナやチビたちとの暮らしはなぜかとても心地いい。

ティアナは、そんな俺のことを見つめ返す。そしてギュッと俺の手を握りしめて、いつものように微笑んだ。

「関係ありません、レオンさんはレオンさんです。私や子供たちにとってはそれで十分ですもの」

その体からは不思議な力を感じた。

気のせいだろうか、それはすぐに消えて、いつものティアナが目の前で微笑んでいる。

「そうか、ティアナ。ありがとな」

俺は改めてオリビアに向き直った。そして尋ねる。

「オリビア王女、聞かせてくれないか。そのある場所とは一体どこだ？　俺や仲間の姿が描かれていた場所とは」

王女は暫く考え込むと、意を決したように明かした。

「神殿の中よ、王都の地下深くにある神殿。そこには、王位継承者だけが入ることが出来る。私はかつて、兄のクラウスや弟のジュリアンと共に、その神殿の中に入ったことがあるの」

「地下神殿だと？　この王都の下にそんなものが？」

「ええ、四英雄と呼ばれる彼らが、このアルファリシアの成り立ちに深く関係している、と父から聞かされたの。私たちの中で王位を継いだ者は、それについてもっと深く知ることになるとも」

どういうことだ？　このアルファリシアが、俺たちとどんな関係があるというんだ。

「その場所に俺を連れて行ってもらうことは出来ないか？　オリビア王女」

王女は俺の願いに申し訳なさそうに答えた。

「ごめんなさい、それは無理だわ。お父様のお許しがなければ入れない場所だもの」

「そうか……」

当然だろうな。この国の王位継承権がある者しか入れない場所ならば、俺が入れるはずもない。

教皇となったジュリアンは王位継承権を放棄したと聞くから、オリビアが俺たちの壁画を見たのはそれよりも前の出来事なのだろう。

その時、部屋の入り口の方が騒がしくなった。どうやら、扉の前で何か揉め事が起きているようだ。すぐに扉が開き、一人の侍女が部屋の中に入ってきてオリビアに報告をする。

「殿下、ご歓談《かんだん》の中まことに恐れ入ります。たった今、鷲獅子《グリフォン》騎士団のレオナール将軍がお見えになり、ぜひとも王女殿下にお目通りをと」

　侍女の話では、例の慰霊祭の警護に関する打ち合わせに来たらしい。

　ミネルバは言う。

「国王陛下からジュリアン様と国教会の警護を任されているのは、鷲獅子《グリフォン》騎士団だからね。不本意だが今回は協力せざるを得ないのさ」

「ジュリアン殿下の力を笠に着て、自らを聖騎士などと宣《のたま》っているようだが、奴らがそう名乗るなどおこがましいことだ」

　どうやら、レイアも鷲獅子《グリフォン》騎士団とは不仲のようだ。

　当然と言えば当然か。ミネルバに求婚を迫り、断られたら逆上して襲うような男が束ねている騎士団らしいからな。確かに、この国の聖騎士を名乗るのに相応しい連中だとは思えない。

　オリビアまであからさまに不快な顔をして侍女に答える。

「レオナール、本当に無粋《ぶすい》な男ね。下がるように伝えなさい。慰霊祭に向けての打ち合わせならば、後程大聖堂にいるジュリアンのもとを私が訪ねます」

「殿下、私もそう申し上げたのです。ですが……」

侍女たちが断ったにもかかわらず、レオナールが無理にことづてをさせたに違いない。先程の騒ぎは、その時のものだろう。

オリビアは、侍女の答えに苛立ちを隠し切れない。

「なんと無礼な！　だから私はあの男が嫌いなのです！　いいわ、私が直接伝えましょう。下がりなさいとね！」

彼女も、レオナールがミネルバにしたことを知っているのだろう。怒りを露わに立ち上がると、つかつかと部屋の入り口に向かって歩いていく。

侍女を制して自ら扉を開けようとした、その時——

勢い良く王女の部屋の扉が開かれた。

「きゃ!!」

思わず悲鳴を上げて、体勢を崩すオリビア。彼女の体を堂々たる体躯《たいく》の騎士が支える。

「これはこれは、失礼いたしました。まさか、殿下自ら扉を開かれるなどとは思いませんでしたので」

まるでダンスでも踊るかのような優雅な姿勢で、オリビアを抱き留める長身の男。武人ではあるが、いかにも高位の貴族といった佇《たたず》まいである。

「レオナール……」

思いがけず自分がその腕に抱かれていることを知り、唇を噛み締める美しき王女。

入ってきたのはレオナールを含めて三人の騎士だ。皆、鷲獅子《グリフォン》騎士団の団員だろう。

「は、放しなさい！　無礼な!!」

柳眉《りゅうび》を逆立てるオリビアに、レオナールは会釈《えしゃく》をすると答えた。

「殿下並びに国王陛下もご参列される王都での慰霊祭。その打ち合わせに参った我らを、是非もなく追い返すなど。いくら王女殿下といえども、無礼はどちらですかな？」

「うっ!!」

優雅に見えるが、オリビアの腕を掴むレオナールの手には僅かに力が込められている。

痛みに顔を歪める王女を見て、レオナールがサディスティックな笑みを浮かべているのが見て取れた。

「陛下より鷲獅子《グリフォン》騎士団を束ねる任を受けている上級伯爵として、殿下の我儘《わがまま》を諫めて差し上げるのも務めというもの」

ミネルバとレイアが怒りに震えながら席を立つ。

「レオナール！」

「貴様！　殿下を放せ!!」

レオナール将軍は、そんな二人を眺めながら笑みを崩さない。

「ミネルバ将軍、何をそんなに憤っているのだ？　私は王女殿下の体を支えて差し上げているだけだぞ。それとも愛しい男が、殿下に心変わりしそうで心配か？」

「黙れ！　誰がお前などを！　このケダモノが!!」

剣を抜きかけたミネルバを俺は制した。

そして、ゆっくりとレオナールに向かって歩いていく。

「大国の将軍にしては、安い挑発だな。俺に用があるのなら最初からそう言えばいい」

「ほう、どうしてそう思う？」

鷲獅子《グリフォン》騎士団の団長の目がこちらに向いた。

「部屋に入ってきた時から、その目が俺を見ていた。ならば王女は関係ないだろう、その手を放してもらうぞ」

どうして一介の冒険者に過ぎない俺に関心を持っているのかは知らないが、明らかにこいつの目的は俺だ。俺はレオナールの腕を掴む。傲慢な瞳が喜色に歪んだ。

「面白い、俺をレイアと一緒だと思うなよ」

どうやら、俺がレイアを倒したことは知っているようだ。

それで俺に興味を持ったということか？

しかしそれだけとは思えない。まるで品定めするような目つきだ。

この国の上級伯爵にして三大将軍か。なんのつもりかは知らないが、王女にこんな真似をしても無事で済むだけの自信があるらしい。

「ううっ!!」

オリビアの顔が苦悶《くもん》に歪む。レオナールが、まるでいたぶるようにその腕に力を込めていくのが分かった。

「どうした？　お前のせいで殿下が苦しんでおられるぞ」

「悪趣味な男だな。それ以上はやめておけ、怪我をするだけだぞ」

「何だと？」

俺は奴の手首を握る右手に力を込める。

「な！　何、馬鹿な……ぐぉおお!!」

俺はレオナールの右手をゆっくりとねじり上げ、よろめくオリビアを左腕で抱き留めた。

身を寄せて吐息を漏らす王女。長く美しい髪が揺れ、俺の頬をくすぐった。

「ああ、レオン……」

王女を抱き留めた俺を血走った目で睨みつけるレオナールに尋ねた。

「どうした、それで終わりか？」

「お……おのれ、貴様！」

レオナールの後ろに控える鷲獅子《グリフォン》騎士団の騎士たちが、剣の柄に手を触れた。

名うての騎士なのだろう、凄まじい殺気が迸《ほとばし》る。

俺は静かにそれを眺めながら宣告した。

「やめておけ、後悔するぞ。ここから先は俺も容赦をするつもりはない」

3　鷲獅子《グリフォン》の瞳

レオナールがオリビアの部屋を訪ねていた、ちょうどその頃。

王都にあるアルファリシア国教会の大聖堂の中には男が一人佇んでいた。この国の第二王子であり、国教会の教皇でもあるジュリアンである。

王都での慰霊祭を迎えるにあたって、祈りを捧げるために人払いをしていた。

だが、それならばなぜジュリアンの前に人影があるのだろうか？

大聖堂の中に立つのはジュリアン一人だ。しかしユラユラと揺れる黒い影が、その前には確かに見える。

ジュリアンが口を開く。

「レオナールも馬鹿な真似を。あれほど今は手を出すなと言っておいたのに。しかも姉上の部屋に押し掛けるとは」

王子が持つ金の錫杖《しゃくじょう》の先についている水晶には、オリビアの部屋の様子が映っていた。

黒い影はジュリアンに答える。

「オリビア王女か？　くくく、あの男は強欲だ。ミネルバだけでは飽き足らず、王女にまで劣情を抱いているようだからな。いずれ我らが全てを手にした暁《あかつき》には、この国の王の座をくれてやると約束してやったのだ。それからゆっくりと、あの女どもを手に入れても遅くはあるまいに」

「ふふ、ですが姉上さえ我が物にしたがるほどの欲深さが、あの男の力の源ですよ。このような過信を招くほどのね」

愉快そうに笑うジュリアンに、黒い影が問う。

「ジュリアン王子。まさかあの男、王女の前で化け物に変わったりはせぬだろうな」

「ふふふ、そこまで馬鹿ではないでしょう」

「ならば良いがな」

ジュリアンは静かに微笑む。

「レオナールには特別な魔物の力を与えてあります。しかし人間の姿のままでは、到底彼には及ばないでしょう」

「獅子王ジークか、奴のことはどうするつもりだ？」

「さあ？　ふふ、彼については、私よりも貴方の方が遥かにお詳しいのでは？」

ジュリアンの言葉に、黒い影は何も答えなかった。

気が付くと、その影はどこかに消え去っている。

確かに先程まで二人の人影があった。だが今、片方は完全に消えている。まるでその影がジュリアンに溶け込んだかのように。

暫くすると大聖堂の扉が開かれた。

数名のシスターが、慰霊祭のために祈りを捧げていたジュリアンに深々と頭を下げる。

「ジュリアン様」

「お疲れでございましょう」

大聖堂のステンドグラスから差す光が、教皇であるジュリアンの姿を照らし出している。

「一週間後には慰霊祭が始まります。迷える魂を天に導くために貴方たちも祈ってください。頼みましたよ」

神の地上の代行者である教皇に相応しく、聖人とも呼ぶべき若者の美貌にシスターたちは思わず頬を染めた。

まだ年若いシスターが、敬愛する教皇を称《たた》える。

「王都での慰霊祭は、国王陛下とジュリアン様のもとで、とても盛大に行われると町中の噂ですわ！」

ジュリアンはそれを聞いて頷いた。

もう暫く祈りたいというジュリアンの申し出に、シスターたちは深々とお辞儀をすると大聖堂を後にする。

扉が閉まると、聖堂の中に低い笑い声が響いた。

「ええ、さぞかし盛大になるでしょうね。何しろその儀式の真っ只中で、この国の王が死ぬことになるのですから。そして、二千年前に起きるべきだったことが時を経て成就《じょうじゅ》される。ふふ、獅子王ジーク。その場に貴方が立ち会うことになるとしたら、これも何かの因縁でしょうかね」

ジュリアンが、大聖堂で笑みを浮かべていた頃。

姉である王女オリビアは、目の前に立つ男に恐怖を感じていた。

（無礼な……わ、私はこの国の王女ですよ！）

聡明で美しいアルファァリシアの王女だが、男への非難は声にはならなかった。

先程まで自分の手を折れるほどに握っていた男のケダモノじみた目が、オリビアを怯えさせたのだ。

王女である自分を欲しているようなその瞳。傲慢でむき出しの欲望に満ちた眼差しが彼女を恐怖させた。

それは、高貴な王族、それも王位継承順位が第二位であるオリビアに向けていいものではない。

王太子のクラウスに何かがあれば、いずれは大国アルファァリシアの女王となるべき存在なのだから。

（わ、私を只の女のように……何という無礼な男）

目の前の男に怯えた自分に屈辱を感じながら、恐怖に身を震わせる。

そして、その体を一人の冒険者の少年がしっかりと抱き留めている。

「ああ、レオン……」

自分が一人の少年の胸に身を寄せていることに気が付いて、オリビアの頬は染まる。

あってはならないことだ。誇り高い、第一王女としてあるまじき行為である。

彼はオリビアを抱き留めながら、彼女に無礼を働いた男の腕をねじり上げていた。

そして、傲慢で不遜《ふそん》な男に怯えることもなく、超然と問いかける。

「どうした、それで終わりか？」

「お……おのれ、貴様！」

レオナールの後ろに控える鷲獅子《グリフォン》騎士団の騎士たちが、剣の柄に手を触れた。途端、凄まじい殺気が迸る。

レオンは静かにそれを眺めながら宣告した。

「やめておけ、後悔するぞ。ここから先は俺も容赦をするつもりはない」

まるで空気が固まったかのような緊張感に、ミネルバもレイアも、既に腰の剣に手をかけている。

まさに一触即発《いっしょくそくはつ》だ。

「くく、くくく……面白い。だが、俺の力がこの程度だと思うなよ」

レオナールの体から異様な闘気が湧き上がる。そしてレオンの手を振り払った。

ミネルバはそれを感じて背筋を凍らせた。

(何だこれは!?　今までのレオナールからは感じたことのない闘気だ)

レイアもそれを感じたのだろう。氷のような美貌に緊張が走る。

しかし、レオナールから一瞬放たれたその闘気はすぐに消え去り、彼はクルリと踵を返した。

「お前たち行くぞ、その男に金を与えておけ」

団長の言葉を聞いて、凄まじい殺気を放っていた二人の騎士たちは、手を剣の柄から放す。

「はい、レオナール様」

騎士の一人が、レオンの足元に鷲獅子《グリフォン》騎士団の紋章が入った革袋を投げてよこす。

そしてレオンを眺めると言った。

「報奨金だ。受け取れ」

レオナールは笑みを浮かべながらオリビアに顔を向けると、不遜な眼差しで言う。

「聡明で誇り高い殿下の怯えたお顔も美しい。ジュリアン様には、後程大聖堂に姉君がお見えになるとお伝えしておきましょう」

「ぶ、無礼者！　早く出ていきなさい!!」

絞り出すような声でそう叫んだオリビアを尻目に、低い声で笑いながら部屋を後にするレオナール。その姿が完全に消えると、オリビアはレオンの腕の中でほっと全身の力を抜いた。

駆け寄るミネルバとレイアの瞳は怒りに燃えている。

「殿下！」

「レオナールめ！　何という無礼な態度だ!!」

レオンは部屋の入り口を見つめている。

「妙な闘気を放つ男だ」

そう言った後、自分にしがみつくようにして身を委《ゆだ》ねている王女の手にそっと触れる。

「オリビア、そんなに怯えるな。もう大丈夫だ」

レオンの言葉を聞いて、オリビアの顔はみるみる真っ赤に染まる。心の中を見透かされたような気がしたからだ。

「あのような男に怯えてなどいません！　そ、それに、私の名を呼び捨てにするなど無礼ですよ」

「はは、そうだな。オリビア王女、すまなかった」

オリビアには、そう言って笑う少年の顔が好ましく思えた。

気を取り直すように王女は軽く咳払いをする。

「わ、分かればいいのです」

ツンとした顔でわざとそう言う。そして悪戯っぽい眼差しでレオンを見つめた。

「けれどいいわ、特別よ。貴方には、公式の場でない時はオリビアと呼ぶことを許しましょう」

ようやくいつものような笑顔を取り戻した王女は、レオナールが去った部屋の扉に目を向けた。

そして、あの目を思い出して、少し身を震わせる。

(この不安は何？　この国で何か良くないことが起こり始めている、そんな気がしてならないわ)

オリビアは、ふと言い知れぬ不安に襲われて顔を曇らせる。

レオンはそんな王女を眺めながら口を開く。

「鷲獅子《グリフォン》騎士団のレオナール将軍か、噂通りの男だな」

それを聞いてミネルバが吐き捨てる。

「ああ、傲慢で女を自分の所有物ぐらいにしか思っていないあの態度。あいつに触れられた時は心底寒気がした」

「ミネルバ……」

オリビアはその言葉に共感した。

(前から不遜な男だとは思っていたけれど、さっきのあれは一体何なの……)

まるでケダモノに腕を掴まれたような恐怖を感じた。

王女であることも忘れて、目の前の男に怯えてしまった。それを思い出すと高貴な美貌が屈辱に歪む。

オリビアは暫く考え込んでから言った。

「ねえレオン。貴方、王宮で寝泊まりすることは出来ないかしら？　これからのことの打ち合わせをするにも、貴方が王宮にいてくれると助かるわ」

レオンはティアナたちと顔を見合わせる。そして肩をすくめた。

「俺が王宮に？　俺たちは騎士でもない只の冒険者だぜ」

「別に構わないわ。銀竜騎士団の客人として招けばいいのだから。出来るわね？　ミネルバ」

王女の言葉に、ミネルバはふぅと溜め息をつく。

「まったく殿下は。確かに騎士団に来訪する客人用の宿舎はありますが。坊や、子供たちはいいのかい？」

彼女は、昨夜食事を共にした教会の孤児たちのことを思い出していた。

レオンはそれを聞いて頷く。

「そうだな。あいつらには朝ちょっとした約束もしちまったからな」

「約束？」

興味深そうな顔で、オリビアがレオンに尋ねる。

「ああ、実は水の精霊を使った露天風呂に入れてやるって約束をしたんだ。その準備がしたくて、今日は騎士団から報奨金を貰ったら真っすぐに家に帰るつもりだったんだけどな。なあ、ティアナ」

「え、ええ。レオンさん」

レオナールのことで張りつめていた雰囲気の中で、何事もなかったようにそう口にするレオンを眺めながら、オリビアは少し呆気にとられた。

そして、思わず笑顔を見せる。

「水の精霊を使った露天風呂？　ふふ、よく分からないけど楽しそうね。私も一緒に入ってみたいわ、王女なんて肩がこることばかりだもの」

「はは、そうだろうな」

レオンも王子だったから分かるのだろう。

もちろん国の規模が違いすぎる。しかもオリビアは場合によっては、女王になるかもしれない身分だ。

オリビアは暫く考えた後、レオンに言った。

「いいわ、特別にその子たちも連れて王宮に入れるように手配します。露天風呂とまではいかないけど、その代わりになるものを用意させるわ。ミネルバ、私がこれから言う通り手配をして頂戴《ちょうだい》」

オリビアの言葉に肩をすくめるミネルバを見て、レオンたちは顔を見合わせた。

◇◆◇◆◇

王宮での出来事があった後、俺たちは一度教会に戻った。

近くまでやってくると、俺たちの気配に気が付いた炎の精霊フレアと一緒に、チビ助たちが教会の外に飛び出してくる。

「「「お帰りなさい!!」」」

スイッと一足先にフレアが飛んでくると、俺の肩の上に座る。

「お帰り！　レオン」

「よう、フレア。留守の間何もなかったか？」

「ええ、当たり前でしょ！　この私がいるんだから」

えっへんと胸を張るフレアを見て、駆け寄ってきた獣人の血を引く双子のリーアとミーアが、大きな獣耳をピンと立てて嬉しそうに言った。

「フレアママが一杯遊んでくれたです！」

「楽しかったのです！」

彼女たちより少し年上で、同じく半獣人の男の子であるキールも、尻尾を立てて大きく頷いた。

「フレアが二人と遊んでくれるからさ、俺たちは露天風呂を作る準備をしてたんだぜ」

「そうよ、キールと一緒に、倉庫にしまってある釘や金づちを探してたの。きっと使うでしょ？」

ティアナと同じハーフエルフのレナは、そう言うとキールと一緒に探した工具を俺たちの前に並べた。

亡くなった神父が使っていたものを頑張って探してきたのだろう。

これを探すために小さな体で古い倉庫の荷物を引っ張り出したのか、庭には色々な物が並べられていた。

張り切りすぎたと見えて、二人の手には幾つか小さな擦り傷もある。

ティアナはそれを見つめて、微笑みながら二人の手を握る。

「もう、二人とも無理しちゃって」

淡く光るティアナの体から癒しの力が溢れ出ると、二人の傷を癒していく。

二人は優しい姉の詠唱を聞きながら、照れたように笑う。

「だってさ、姉ちゃんやレオンたちが頑張ってくれてるんだ。俺たちも何かしたくて」

「そうよ、私たちだって役に立つんだから！」

俺はキールとレナの頭に手を置いた。

「ありがとな。だけどな、ちょっと事情が変わっちまって、約束の露天風呂は少し先になりそうだ。すまないな、みんな」

その言葉にキールが首を傾げる。

「少し先ってどういうことだよ、レオン？」

レナも俺を見上げた。

「もしかして、報奨金貰えなかったの？」

リーアとミーアもそんな二人を見てしょんぼりとする。

「お風呂作れないですか？」

「楽しみにしてたです……」

報奨金は貰えたんだが、なんて説明したらいいんだろうな。楽しみにしていたチビ助たちの気持ちを考えると、言葉に詰まる。

そんな俺を見てレナが胸を張る。

「仕方ないわね！　別にいいわ。お金がなくったってレオンの面倒ぐらい私が見てあげるんだから！」

それを聞いてキールも頷く。

「へへ、そうだよな。仕方ねえな、魚ならいっぱい取ってきてやるからさ」

リーアとミーアもそれを聞いて尻尾を振った。

「ティアナお姉ちゃん、美味しいお魚のスープ作ってくれるです！」

「食べたら元気になるです！」

まったく……こいつらは。

ここが居心地いい理由が分かった気がする。

ここにいる連中は、血は繋がってはいないがみんな家族だ。

ティアナとロザミアもそんなチビ助たちの姿を見つめて微笑んでいる。

「そうか、お前たちが面倒見てくれるか」

「「はいです！」」

リーアとミーアを抱きかかえながらそう言うと、キールが笑った。

「でも、レオンも手伝ってくれよ。だってさ、ロザミア姉ちゃんってばいっぱい食べるもんな」

「むう！　人聞きが悪いことを言うなキール！」

ロザミアはキールの言葉に頬を膨らませた。

シルフィもロザミアの肩の上に座って笑っている。

「確かに大変そうね、レオン」

「はは、そうだな」

俺の言葉にロザミアの頬はますます膨らんでいく。

「主殿まで！」

「怒るなってロザミア。悪かったよ」

その後、俺はチビ助たちに事情を話した。

「てなわけなんだ。露天風呂をみんなで作るっていう約束は守る。でも、その前に仕事で王宮に行かないといけなくなってな」

リーアとミーアが不安そうに俺を見つめる。

「はう〜、レオンお兄ちゃん王宮に行っちゃうですか？」

「寂しいのです……」

キールとレナも元気がなくなった様子で言った。

「そっか……でも仕方ないよな、王女様からの仕事だもんな」

「レオン、お仕事終わったら帰ってくるわよね？」

ティアナとロザミアは笑いを堪えながらチビ助たちに言う。

「何言ってるの？　貴方たちも一緒に行くのよ」

「うむ！　みんなで王宮に行くのだ」

顔を見合わせるチビ助たち。

「俺たちも一緒にって……」

「私たちが王宮に行くってこと？」

リーアとミーアが俺の腕の中ではしゃぐ。

「リーアたちお城に行くですか！」

「凄いのです！」

レナも目を輝かせて言った。

「私、一度お城に入ってみたかったの！　でも……」

レナは少し俯く。自分が身につけている洋服が気になるのだろう。

ティアナが一生懸命繕《つくろ》ってはいるが、やはり王宮で暫く生活するには気が引けるに違いない。

よく考えれば、俺たちの格好だってそうだからな。

報奨金を受け取りに行くぐらいならいいが、暫く王宮で暮らすには、冒険者としての身なりはあまりにも不釣り合いだろう。ましてや王女の護衛をするとしたら尚更だ。

しょんぼりとするレナの頭の上に、俺はポンと手を置くと笑った。

「心配するなよレナ。報奨金はたっぷり貰ったんだ。王宮に行く前にお姫様みたいにしてやるからさ」

「ほんとに？　レオン大好き！」

レナは俺に抱きついて頬にキスをする。

それを見てティアナが苦笑した。

「もうレナったら。現金なんだから」

「えへへ。だってティアナお姉ちゃん」

よっぽど城に行ってみたかったんだろうな。

「よし、じゃあ出発するか！」

俺がそう言うと、チビ助たちは嬉しそうに掛け声を上げた。

「「「お～!!」」」

フレアも子供たちが喜ぶ姿を見て大きく手を突き上げた。

「お～！　行きましょう、レオン!!」

「ああ、フレア」


それから程なくして、俺はチビ助たちを連れてとある店の前にいた。

店頭に飾られているドレスや服に目を輝かせるレナやリーアたち。

「うわぁ！　ねえティアナお姉ちゃん凄い凄い！」

レナが店の中に駆け込むと、リーアとミーアもはしゃぎながら俺に言う。

「凄いのです！」

「綺麗なお洋服いっぱいあるのです！」

夢中になって眺めているところを見ると、チビ助たちもやっぱり女の子なんだな。

「おい！　なにしてるんだ？　ここは公爵令嬢であられるミネルバ様も来られるような名店なんだ、お前たちみたいな身なりの人間が来るところじゃないんだよ。さっさと帰れこのクソガキども！」

店員の一人が俺たちに向かってそう言った。

おかしいな、ミネルバはこの店に使いをやって、前もって俺たちが来ることを知らせておくって言ってたんだが。

傲慢で横柄《おうへい》そのものの物言いに、唇を噛み締めるレナと涙ぐむリーアやミーア。子供たちの様子を見て、俺は思わずこの店を破壊したい衝動に駆られたが、その前にフレアが巨大な火炎をぶっ放そうとしていた。

「上等じゃない、もう一度言ってみなさいよ！　あんたのこと消し炭にしてあげるわ」

「お、おい。落ち着けフレア」

フレアがその気になれば店ごと黒焦げになりかねない。

ロザミアは剣を抜きかけているし、シルフィも臨戦態勢である。

「私も助太刀《すけだち》するぞ、フレア！」

「へえ、珍しく気が合うわね、ロザミア」

こりゃ黒焦げどころか灰も残らないな。

その時、店の奥から慌てたように、店主らしき恰幅《かっぷく》のいい男がやってきた。

店主に向かって先程の横柄な店員が言う。

「フェルナンド様！　こ、こいつら平民の分際で偉そうに。フェルナンド様からも、お前たちが来るようなところじゃないって言ってやってくださいよ」

どうやらフェルナンドというのが店主の名前らしい。

俺たちの姿を見て店主の顔が真っ青になっていくのが分かる。そして彼は店員に言い放った。

「馬鹿者！　大切なお客様になんて口をきくのだ‼　お前はこの店を潰したいのか⁉」

「な、何を仰ってるんですか？　店を潰すって一体⁉」

店主は青ざめた顔で答える。

「今しがた、王宮よりこのお方たちには最上級のもてなしをせよと使いが来た。お前が暴言を吐いたことをミネルバ様がお知りになれば、決してお許しにはなられぬぞ！」

ミネルバの使いが俺たちの特徴を伝えてくれたらしい。店の奥にはそれらしき者の姿が見える。

ちょうど今、店主に伝えたところなのだろう。

「ひっ！　ミ、ミネルバ様の⁉」

暴言男の顔は、フェルナンドよりもさらに真っ青になっていく。まさに顔面蒼白《そうはく》といった様子だ。

俺は黙ってミネルバからの紹介状を差し出す。知らせとは別に、念のためにと渡されていたものだ。

『私の大切な友人だ。最上級のもてなしと服を用意するように』

ミネルバの直筆のサインと共にそう書かれている。

フレアはその上にドンと腰を下ろすと、フェルナンドたちを睨んだ。

「この子たちに最高の服を用意するのね。いい加減なものを出したりしたら承知しないわよ！」

「は、はい!!　畏まりました」

直立不動でそう答えるフェルナンドと暴言男を尻目に、フレアがリーアたちにウインクする。

「はは、やれやれだな」

店主にとってはとんだ災難だな。

フレアママのド迫力の一声で、俺たちの周りには店中の店員や針子《はりこ》が集まって採寸を始める。

くすぐったそうにするチビ助たち。女性の店員たちが似合いそうな服を選んでくれた。

暫くすると、見事に丈を合わせた服に着替えたリーアとミーアが、俺たちの前にやってくる。

「みゅう〜！　リーアのお洋服、ひらひらしてるです」

「ミーアのお洋服だってそうです！」

うちの元気なチビたちは、お互いの格好を見た後、俺とティアナを嬉しそうに見上げた。

リーアは白いワンピース、ミーアはクリーム色の可愛らしいワンピースを着ている。大きな獣耳と尻尾を揺らしながらこちらを見つめている姿はとても愛らしい。

「二人ともよく似合ってるぞ」

「ええ、本当に可愛いわよ二人とも」

ティアナはそう言った後、すまなそうな顔で俺を見つめた。

「でも、いいんですか？　こんな上等なお洋服」

「ああ、せっかく王宮の中に行くんだ。チビたちだっておめかしぐらいしたいだろ？　金なら心配するな、たっぷりと報酬を貰ったからな」

その時、洋服店の奥からレナが顔を出す。そして恥ずかしそうにこちらを見つめた。

フリルがついた白のワンピースに、頭の大きな赤いリボンがよく似合っている。

「ど、どう？」

レナの問いに俺は大きく頷く。

「ああ似合ってるぞ、レナ。まるで小さなお姫様みたいだな」

「お、お姫様⁉　そ、そう……レオンがそう言うのなら、これを着てあげてもいいわ！」

レナの言葉に、ティアナはふぅと溜め息をついた。

「レナったら」

一方で、キールも子供用の正装を着て、慣れない様子ながらも鏡の前でポーズを取っている。

「へへ、俺だって結構いけてるだろ？」

そこに着替えたロザミアが現れる。

「ふふ、そうだなキール。中々似合っているぞ」

「ふぁ……ロザミア姉ちゃん」

リーアとミーアが、店の奥から現れたロザミアのもとに駆け寄った。

「天使さんです！」

「ロザミアお姉ちゃん、やっぱり天使さんだったです！」

大きな胸に引き締まったウエスト。少し大人びたドレスを、ビシッと着こなす辺りは流石は元聖騎士であり元貴族だな。この姿を見たら通りの誰もが振り返るだろう。

ロザミアは、こほんと咳払いをすると俺と見つめた。

「あ、主殿。どうだ？　主殿の好みのドレスだろうか」

「はは、綺麗だぞロザミア」

「き！　きれ……ふふ、やった！　じっくり選んだ甲斐《かい》があったのだ」

そう言ってグッと拳を握るロザミア。それがなければ完璧だったけどな。

「後はティアナだな。奥の部屋も空いただろうし、着替えてみろよ」

「そ、そんな……私はこれで大丈夫です」

「遠慮するなよ。ティアナがそんなこと言ったら、チビ助たちが遠慮するだろ？」

俺の言葉にティアナは困った顔をしながらも、子供たちに促されて店の奥に入っていく。

暫くすると、レナが悪戯っぽい顔をしながら俺に手招きする。

「レオン、こっちに来て。お姉ちゃんがそっちに出ていくのが恥ずかしいんだって。レオンからよく似合ってるって言ってあげてよ」

「ん？　何も恥ずかしがることないだろ」

そう言いながら俺は店の奥に入る。そして、そこに立っている女性に目を奪われた。

いつもはシスター用のローブに隠れているブロンドの髪。そして、清楚な純白のドレスが彼女の美しさを一段と引き立たせている。

キールが俺をからかうように言った。

「へへ、ティアナ姉ちゃんが綺麗すぎて、レオンが口を開けてるぜ！」

それを聞いてティアナは真っ赤な顔で俯いた。

「キールの馬鹿！　……レオンさん、わ、私変じゃないですか？」

どこかの王国の王女だと言っても頷いてしまうようなティアナのその姿に、俺は暫く返事をすることを忘れて見惚れていた。

気を取り直してようやく返事をする。

「何ていうか、凄く綺麗だな」

「レオンさん……あ、あの……わ、わらひ」

私と言おうとして噛むティアナ。それで一層顔が赤くなる。

キールがティアナを眺めながらニヤニヤと笑った。

「へへ、ティアナ姉ちゃん顔が真っ赤っかだぞ！　頭から湯気が出そうになってるぜ」

「もう！　ほんとにキールったら!!」

ティアナは恥ずかしそうに俯きながら、こちらを見つめる。

「あ、あの……レオンさんもす、素敵です」

「はは、ありがとなティアナ」

俺も皆に合わせて、この店で服を買っていた。この店はミネルバの紹介だけあって、置いてある衣装も豊富で、寸法直しもすぐにこなしてくれた。

公爵家のお嬢様の紹介状の威力もあるだろうけどな。

その後、今まで着ていた服や着替えも王宮へ届けてくれるという話になり、引き攣《つ》った笑顔でフェルナンドが俺の服を畳んでいたところで、一枚のプラチナに輝くカードが床に落ちる。

そういや、今朝伯爵夫人に貰ったカードを、着替える前の服のポケットに入れたままだったな。

なくしたりしたら夫人に面目が立たない。俺がそれを拾い上げると、店主と暴言男の顔が蒼白を通り越して真っ白になっていく。

「は……はう……まさかそのカードは！」

「そのサインはジェファーレント商会のフローラ様の!?」

辛うじて喉から声を絞り出した二人に、俺は頷いた。

「ああ、知ってるのか。ちょっとした事件で関わってな。いつでもお力になりますってこのカードをくれたんだ」

「ひっ！　ジェファーレント商会の最上級のカード。それがあれば何でも優先的に手に入れることが出来る、王族でさえ手に入れたくてしょうがないという幻の……」

暴言男の言葉にフェルナンドが叫んだ。

「一体どうするのだ！　ジェファーレント商会に睨まれたらもう商売など出来んぞ！　お前のせいで生地も針子も揃わなくなるのだ！　このお方たちにもう一度詫びろ！　ええい、いっそこの場で腹を切れ!!」

おい物騒だな。そんな光景見たくないぞ。

「ひっ！　ひぃいい。申し訳ありません！」

暴言男はまるで干物になったかのように、平たくなって土下座する。

へえ、このカード、思ったよりも凄い威力だな。流石アルファリシアの大商会だけはある。

「安心しろって。ミネルバにも伯爵夫人にも、今日のことは黙っててやるからさ」

「ほ、本当でございますかぁ」

はは、顔が近いぞ。店主のフェルナンドが脂汗を流しながら俺に迫ってくる。

「ああ、その代わり、もう客にあんな態度はとるなよ。せっかく楽しい気分で買い物に来てるんだからな」

「もちろんでございます！　この不心得者には厳しく一から教育いたしますので」

フレアは腕を組むと店主に言う。

「で、お代はいくらなの？」

「ひっ、お代など滅相《めっそう》もない。ご迷惑をおかけした代わりに今日のところは無料にさせていただきます！　これからもどうかご贔屓《ひいき》に」

フレアママの眼力に思わずそう言った店主に、俺は苦笑した。

「そうはいかないさ。せっかくいい服を作ってくれたんだ。あいつ以外はいい店員と針子ばかりだったからな」

「レオン様ぁああ！　ありがとうございばず〜」

いやだから顔が近いぞ、フェルナンド。

まあ少々トラブルはあったが、俺は店の人たちにお礼を言って代金を支払うと外に出た。思ったよりもずっと安かったのは、ミネルバと伯爵夫人の威光のお蔭だろう。

店の外には、銀竜騎士団の紋章が入った馬車がとまっていた。

御者に尋ねると、俺たちは彼らの客人という名目で王宮に入るので、ミネルバがその辺りを含めて手配を済ませてくれたそうだ。

店外に出ると、一斉にこちらに注目が集まる。

「お、おい見ろよ」

「ああ、綺麗だな。あまりお見かけしない顔だが、どこのお嬢様だ」

「エルフに翼人か、他国の貴族の姫君だろうか？」

ティアナとロザミアは、すっかり注目の的になっている。元々ロザミアは翼人族の国の貴族だから な、あながち間違ってはいない。

ティアナは、ハーフエルフではなくエルフだと思われているようだ。

「殿方も素敵な貴公子《きこうし》よ」

「それに、子供たちも可愛らしいこと」

俺たちが馬車に乗り込むと、それは王宮に向かって走り出す。

リーアとミーアは、目を輝かせながら窓から外を眺めている。

「凄いです！　速いです!!」

「ミーアたち、お城に行くですか？」

俺は二人に頷く。

「ああ、リーア、ミーア」

レナが大人ぶった様子で二人に言い聞かせる。

「いい？　リーアもミーアも大人しくしているのよ。お城はいつもみたいにしていいところじゃないの」

「はう、そうなんですか？　レナお姉ちゃん」

「お姉ちゃん物知りです！」

満足げに頷くレナを、キールがからかう。

「よく言うぜ、レナ。お前だってお城になんて行ったことないだろ？」

キールの言葉にレナは頬を染める。

「な、何よ！　キールが一番心配なんだから。ね、レオン？」

「はは、確かにそうかもな」

俺たちの言葉にキールは口を尖らせる。

「ちぇ！　酷《ひで》えよレオン」

そんなキールの様子にティアナもくすくすと笑っている。

王宮の入り口には、レイアが迎えに来てくれていた。俺は馬車を降りるとレイアに声をかける。

「悪いなレイア。わざわざ出迎えてもらって」

「気にするな、これも仕事だ」

氷のような美貌を持つ女騎士の姿に、子供たちは俺の後ろに隠れて彼女の姿を窺っている。

それを見てレイアはコホンと咳払いをした。

「わ、私は警戒されているのだろうか？」

「まあな。レイアは美人だから、そんな顔をしていると少し冷たく見えるのかもな」

「な！　び、美人!?　わ、私にそんなことを言うのはお前ぐらいだ」

……まあみんなそう思ってるだろうが、怖くて言えないんだろうな。無礼者！　と一喝《いっかつ》されそうだ。

レイアは、俺の後ろに隠れている子供たちを眺めながらぎこちない笑顔を見せる。あまり子供の扱いには慣れていないのだろう。

そんな中、俺たちが先程通ってきた城門に、一台の馬車が入ってきた。すると、周囲の兵士たちは一斉にその馬車に向けて深々と礼をする。

レイアも例外ではない。そして、彼女は俺たちにも礼をするように促す。俺たちが頭を下げていると、馬車はゆっくりと横を通り過ぎていく。

馬車を守る護衛の騎士たちの姿が多い。俺はそっとレイアに尋ねた。

「大層な行列だな、レイア。あの馬車には誰が乗ってるんだ？」

俺の囁きにレイアはそっと答えた。

「王太子であられるクラウス殿下だ。護衛を務めるのは、陛下とクラウス殿下直属のアルファリシア黄金騎士団。我が国最大の兵力を持つ最強の騎士団だ」

「黄金騎士団か、俺もその名前は聞いたことがある」

だとしたら、馬車に寄り添うようにして護衛を務めているのが、恐らくは……

俺の考えを察したのだろう、レイアがその騎士を見ながら言った。

「ああ、彼がこの国の三大将軍の一人シリウスだ。陛下とクラウス殿下以外は、その顔を見た者はいないと言われているがな」

「なるほどな、あれがアルファリシアの黄金の騎士か」

「そうだ、レオン。この国一番の騎士、三大将軍の筆頭でもある」

見事な細工が施された黄金に輝く全身鎧姿で、頭部も兜《かぶと》で覆われており、その顔を窺い知ることは出来ない。

「魔法銀で作られた鎧が、溢れ出す闘気で黄金に輝いて見えるとは聞いていたが。実際に目にすると見事なものだな」

「ああ、だが噂では、あれは己の強すぎる闘気を抑えるための魔具に過ぎないという者もいる。それを外した時のシリウスは無敵だともな」

「無敵か、一度手合わせしてみたい男だな」

……三大将軍の一人か。だが、この男から感じる力は別格だ。

流石大国アルファリシアと言うべきか、こんな男がいるとはな。

「ん？」

俺はその黄金の騎士の兜が、こちらを向いていることに気が付いた。

シリウスが乗る白馬がとまり、それに伴い、王太子クラウスの馬車と彼を護衛する一団もとまる。

王太子の馬車の扉が開き、侍従《じじゅう》らしき者たちの後に一人の男性が地に降り立った。

「どうしたのだ？　シリウス」

背が高く、長いプラチナブロンドの髪。いかにも貴公子といった雰囲気と整った上品な顔立ちは、どこかオリビアにも似ている。

恐らくこれが王太子であるクラウス王子に違いない。

お付きの者を侍《はべ》らせたその男は、俺を見つめているシリウスに尋ねた。

「この少年がどうかしたのか？」

「いいえ、殿下。何でもございません」

そう言うと、シリウスは俺から目を逸らし前を向いた。

一方でクラウスは俺たちを眺めると、興味が湧いたらしい。

「ほう、これは美しいエルフの姫君。初めてお会いするが、いずれの国の姫か？」

ティアナのことだろう。エルフは人里に下りてくることは少ないが、幾つかの国ではハイエルフと呼ばれる者たちが王族や貴族として君臨《くんりん》しているからな。

ティアナは動揺したように俯いた。

「あ、あの私は……」

「これは不躾《ぶしつけ》な真似をしてしまったようだ。レイア、お前の知り合いか？　後程銀竜騎士団に花を届けさせる。この可愛いお方にお贈りせよ」

「畏まりました、クラウス殿下」

レイアがそう言って頭を下げると、クラウスは踵を返して馬車に乗り込む。

シリウスはもう俺を見ることはなく、一団は宮殿に向かって進んでいく。

行列が姿を消すと、子供たちが俺にしがみついた。

「ふみゅ、リーア怖かったです！」

「金色だったです、レオンのこと見てたです！」

シリウスのことだろう。子供たちからしたら、黄金の全身鎧姿の騎士がこちらをジッと見つめていれば怖くもなるよな。

レナに至っては、いつの間にか俺の手をギュッと握っている。それに気が付いたのか、頬を染めてパッと手を放した。

「わ、私は怖くなんてなかったわ」

「嘘つけ、一番にレオンの手を握ってたくせに」

「キール！」

相変わらずの二人だ。

一方、ティアナはすっかり小さくなっている。

「わ、私、レオンさん……」

王太子から花を贈られることになったので、動揺しているのだろう。

俺は肩をすくめるとティアナに言った。

「貰っとけよ。向こうが勝手に勘違いしたんだからな」

レイアがふぅと溜め息をついた。

「簡単に言ってくれる。恐らく後程ティアナについて、銀竜騎士団に問い合わせが入るだろう。クラウス殿下が興味を持たれた女性としてな」

「はは、もしかしたら舞踏会にでも誘われるかもな。どうするティアナ、相手はこの国の王太子だぜ」

俺が何の気なしにそんな軽口を叩くと、ティアナがいつになくムッとした顔で俺を睨んだ。

「レオンさんの馬鹿！　誘われたって、そんなところに行くつもりはありません!!」

「おい、何を怒ってるんだ？」

「知りません！」

レナが大きなリボンがついた頭を横に振って、俺を見ると呆れた顔をした。

「レオンってほんと女心が分かってないわよね。馬鹿じゃないの？　無神経！　鈍感！」

「お、おい、お前まで何だよ」

「知らない！」

そう言って、レナもティアナと一緒にソッポを向いてしまう。

「やれやれ、何だってんだ一体」

俺は肩をすくめると、あのシリウスという男が消えていった方角を暫く見つめていた。

「なあ、ティアナ。いい加減に機嫌を直してくれよ」

いつもニッコリと微笑んでくれるティアナに、ツンとされていると妙に堪える。

そんなティアナと、隣のロザミアの姿に城門付近の人々の視線は集まっているようだ。

「二人とも美しい」

「エルフと翼人か、慰霊祭に参られた方々であろうか」

「確かにな。周辺国の使節団も集まり始めていると聞くが」

俺は周囲を眺めながらレイアに尋ねる。

「使節団？」

「ああ、レオン。陛下が参列される慰霊祭に向けて、周辺国から使節団が王都に集まってきている。どうやらティアナやロザミアは、使節団に帯同してやってきた貴族の娘とでも思われているようだな。王女殿下の招待客ならば、我が銀竜騎士団が迎えの馬車をやっても不思議ではないからな」

そういえば、数台の馬車がこの大きな城門付近にとめられている。

王太子の馬車は素通りだったが、俺たちのも含め、それ以外の馬車はここで中を調べられるのが常のようだ。不審物の持ち込みを防ぐためだろう。

「ある程度の規模の国になれば、陛下より招待状が届いているだろうからな。既に都に入っている国の使節の中には、慰霊祭を前に王宮へ挨拶《あいさつ》に来る者も多い」

「へえ、国王も大変だな」

それが仕事だとはいえ、一々相手をするだけでも大変だろう。

レイアは俺の言葉に頷く。

「聡明でお美しいと名高いオリビア殿下や、武勇に優れたミネルバ様に会いたがる客もいる。中には無下に断れぬ相手もいるからな」

「なるほどな、それであの馬車に乗ってきた俺たちが、そういう目で見られるわけだ」

「そういうことだ。それに、王太子であられるクラウス殿下や教皇であるジュリアン様への客も多いからな」

そんな話をしていると、他国の貴族らしき男たちがティアナやロザミアに声をかけてくる。

「美しい姫君たちよ。如何《いかが》ですかな、我らと少し話でも」

「そちらの翼人の姫は、翼人の王国アルテファリアからお見えになられたのかな？」

ロザミアは男たちを完全に無視している。ムッとした連中は、それならばとティアナを取り囲んだ。

「どうやらお友達は機嫌がお悪いようですな。エルフのお嬢さん、貴方はどこからいらしたのですかな？　それにしても美しい」

先頭に立ついかにも好色そうな中年の貴族が、そう言ってティアナに手を伸ばした。

男の大胆な行動に、怯えた顔をするティアナ。

「悪いが、俺の連れに触らないでもらえるかな？」

俺は男の手を掴むとそう言った。奴の護衛らしき男が、慌てたように身構える。

「な！　なに⁉」

「いつの間に！」

レイアと話していたはずの俺が、ティアナに手を伸ばした男の腕を掴んでいることに驚いたのだろう。

髭《ひげ》を生やしたその中年男は、俺を睨みつけると声を荒らげる。

「な、何だ貴様は！　ワシを誰だと思っている！　ワシは大国フェントワーズのロイファデル公爵なるぞ‼」

奴の取り巻きや護衛たちが俺を取り囲む。フェントワーズといえば、この国ほどではないが確かにかなりの大国だ。

俺はティアナをそっと抱き寄せる。

「彼女は俺の婚約者だ。それでも手を出すと言うのなら相手になろう」

俺の意を察したのだろう、レイアはロイファデルに言う。

「ロイファデル公爵、確か貴方様はジュリアン殿下の客人であられるはず。あまり無法な騒ぎを起こされますと、殿下のお顔に泥を塗ることになりますよ」

「ぐっ！　分かっておるわ、可愛げのない女だ！」

そして、俺を睨むと憎々し気に吐き捨てる。

「貴様の顔は覚えておくぞ、小僧‼」

ロイファデルはそう言うと、城門での検査が終わった馬車に乗り込んで走り去る。

レイアは軽く溜め息をつき、俺に言った。

「まったく、ジュリアン様もどうしてあんな男にお会いになるのか。レオン、そろそろ我らの馬車の検査も終わる。子供たちを連れて乗り込んでくれ、客人用の宿舎まで送ろう」

「ああ、そうだな。行こうぜ、ティアナ」

俺は抱き寄せているティアナに話しかけた。

「は、はひ……でも、わ、私がレオンさんの婚約者って一体？」

「そう言った方が上手くおさまると思ってな。悪かったって、また怒ってるのか？」

キールがティアナの顔を覗き込む。

「レオン、ティアナ姉ちゃん怒ってないぜ？　むしろ少しにやけてる気が……」

「き、キール!!　に、にやけてなんていません！」

ティアナはコホンと咳払いをして、可憐な顔で俺を見つめた。その頬は赤く染まっている。

「あ、あの放してくださいレオンさん。も、もう大丈夫ですから」

一方で、気が付くとロザミアが俺の体にピタリと身を寄せている。

「主殿、私も怖かった。ほら見てくれ、体がこんなに震えている」

……嘘をつけ。お前がその気なら、あいつらなんてあっという間に打ち倒せるだろうが。

ロザミアが本気を出せば、レイアといい勝負だろうからな。

ティアナが、そんなロザミアを見て頬を膨らます。

「ロザミアさん！　離れてください」

「どうしてだ、ティアナだけずるいではないか、私だって主殿にギュッとしてもらいたい」

それを聞いてリーアとミーアが目を輝かせる。

「リーアもギュッとして欲しいです！」

「ミーアもです！」

レナがティアナのように咳払いをすると、可愛らしい顔で俺を見上げてくる。

「レオンがしたいなら、私もギュッとされてもいいわ。せっかくおめかししたんだもの」

レイアが、そんな子供たちの様子を眺めながら苦笑する。

「レオン、その歳でお前も苦労が多そうだな。さて、ゆっくりするのは宿舎に着いてからでもいいだろう。オリビア殿下をあまりお待たせするわけにもゆかぬからな」

「オリビア王女が？」

俺が問い返すとレイアは頷いた。

「ああ、慰霊祭の件でジュリアン殿下との話し合いを終えて、宿舎でミネルバ様とお前たちをお待ちになっておられることだろう。例の水の精霊の温泉とやらを楽しみにされていらしたからな」

4　王女のいたずら心

「なるほど、これがあの水着なのですね？」

「はい、オリビア様。私たち侍女が、高貴な殿方の湯浴《ゆあ》みをお手伝いする時に着る、あの水着でございます」

自分付きの筆頭侍女サリアの言葉に、感心したように頷くオリビア。

サリアは、知的で冷静な雰囲気を持つ女性だ。二十代後半で、整った顔立ちに銀ぶちのメガネをかけている。

今、オリビアとサリアがいるのは、銀竜騎士団の敷地の中にある客人用の宿舎の一室だ。

オリビアやミネルバが王宮に招いた客人が泊まることも多いため、ゆったりと広く、美しい白い石で作られた豪華な浴室も完備している。

その時、着替えを終えたもう一人の女性が浴室に入ってきた。そこにある大きな鏡を見てその頬は赤く染まる。

「殿下……やはり、これは少し大胆過ぎるのでは？　こ、これでは、湯に入る前に羞恥《しゅうち》でおかしくなりそうだ……」

なんと美しい姿か。完璧に近いプロポーションからは、鍛え上げられているのが分かる。

天上から舞い降りた戦女神と呼べるような美貌を誇るのは、銀竜騎士団の団長ミネルバである。

体にフィットした水着は真紅で艶やかだ。胸も強調されるがごとく水着の布に持ち上げられ、スタイルの良さがますます際立つ。

「こ、これでは、肌の露出が多すぎる」

ミネルバの言葉に、オリビアは事も無げに答える。

「湯に入る時に使うものですから、通常のドレスとは違っていても仕方ないわ。よく似合っていてよミネルバ」

「オ、オリビア様！　まさか、オリビア様もその格好で湯に入られるおつもりですか？」

頬を染めながら、オリビアの傍に立つミネルバ。それは、まさに美の共演と言えるだろう。

「ええ、もちろんよミネルバ。そのために、サリアに用意させたのだもの」

オリビアの水着姿も、ミネルバには負けていない。

白く美しい肌。高貴な美貌と際立ったスタイル。パープルがかった淡いプラチナブロンドの長い髪が流れるようにウエーブし、輝いていた。

海が遠い王都暮らしの上流階級にとって、水着を着る機会は皆無に等しい。戦いに備えて泳ぎの訓練を積んでいるミネルバとて、ここまで露出の多い水着を着ることはない。

サリアはほぅと溜め息をつくとオリビアに言う。

「お美しいですわ、王女殿下」

その言葉通り、白い水着を着て立つオリビアは神々しくさえある。

二人の水着は急遽《きゅうきょ》特注して作らせたもので、侍女の普段使いのものよりも美しい。

「ありがとうサリア。そうそう、客人用の水着の用意は出来ているのかしら？」

「ええ、それはもちろん。ミネルバ様から皆様のサイズはお伺いしましたから。お子様用のものも急ぎ作らせましたわ」

「ふふ、ありがとう。やっぱり貴方は優秀ね」

サリアはオリビアの言葉にお辞儀をする。王女付きの侍女の中でも最も優秀で、決して秘密を漏らさない人間だ。

そもそも、こんな話が外に漏れたら大事である。

一国の王女が、水着を着て男と一緒に湯に入るなどとは。しかも、本来諫めるべきミネルバも一緒である。

まだ少し不満そうなミネルバに、オリビアは苦笑する。

「せっかくレオンが、皆で入れる温泉を用意してくれると言っているのです。彼だけ別に入らせては非礼ではありませんか？　ふふ、それに貴方のその姿を見たら、レオンも剣士としてではなく女性として貴方を見てくれるのではなくて？」

「な！　殿下!!」

「もう、ミネルバったらそんな怖い顔して。たまには騎士の仮面を取って、女として人生を楽しむことがあっても良くってよ」

そんな中、部屋の入り口にあるベルの音がする。

オリビアはクスクスと笑いながらサリアに命じた。

「どうやら来たようね。レオンたちを驚かせたいわ、私たちはここにいます。サリア、貴方が連れてきて頂戴」

そんな王女の言葉にサリアは頷く。

「畏まりました、殿下。お二人ともくれぐれも浴室をお出にならないように。万が一、そんなお姿を他の誰かに見られては大変ですから」

「わ、分かっている……レオン以外の男に、こんな姿を見られるぐらいなら死んだ方がましだ！」

「ふふ、ミネルバったら」

(ああは言っておられても、殿下もミネルバ様も楽しそうですわね。お二人とも多くの公務を抱えていらっしゃるのだもの、たまにこうやって羽を伸ばすことを責められる人間なんていませんわ)

サリアはそう思いながら広い浴室を出ると、客間を通り、呼び鈴が鳴った入り口へと向かう。

扉を開けると、そこに立っていたのはサリアの想像していたのとは違う人物だった。

立派な体格をした騎士風の貴族がサリアを見下ろしている。

「ほう、やはりこちらの部屋の方がいい。侍女も俺好みの女だ」

そう言って、不躾《ぶしつけ》にサリアの頬に手を触れるその男。

「な、何をなさるのです！」

男の横にはサリアの後輩の侍女フィーネが、困り顔で佇んでいる。王女付きではなく銀竜騎士団付きの侍女で、この客人用の宿舎で来訪者をもてなす役割を果たす者の一人である。

この部屋はレオンのために用意されたものだ。本来なら別の部屋の客を担当しているはずの彼女が、なぜここにいるのだろうか。

「サリア様……わ、わたし」

「フィーネ、一体これはどういうことなの？」

「私がいけないんです。大事なお客様に粗相《そそう》を……」

フィーネの言葉に、サリアは知的な美貌を曇らせて男を見上げた。

その男は翼人だ、それも白い翼を持った翼人。

(白翼人《はくよくじん》……翼人族の中でも特に優れた力を持つ血族。確か翼人の王国アルテファリアから、ミネルバ様にお目通りを希望されていた王族がいたわね)

王女付きであるサリアの本来の仕事ではないが、オリビアだけではなくミネルバの客人のリストにも一通り目を通し、気を配っているのが彼女らしいところだ。

サリアは自分の頬を触ったことへの抗議をぐっと胸の中に抑え込み、男に対して深々と一礼する。

「翼人の王国、アルテファリアの第三王子であられるアルフレッド殿下でいらっしゃいますね。私はオリビア殿下付きの侍女サリアでございます。フィーネが粗相をしたとか。彼女に代わりまして、お詫びをさせていただきます」

「ほう、オリビア殿下付きの侍女か？　どうりで気品が違うわけだ」

翼人の国のアルフレッド王子と言えば、年齢はまだ二十歳だが、勇猛果敢《ゆうもうかかん》な騎士として名を轟《とどろ》かせる武芸者でもある。

サリアは目の前の白翼人を改めて眺めた。背が高く髪は銀髪、中々の美丈夫《びじょうふ》である。

(翼人の国の使節団を率いてきたお方だわ。確か陛下にお目通りをされる前に、ミネルバ様に会いたいと強く願われたとか)

サリアの視線を受け止めながら、アルフレッドは答える。

「父上の名代《みょうだい》として慰霊祭に訪れはしたが、俺がこの国に来た本当の目的は、騎士として名高いミネルバ将軍と剣を交えることだ。明日にはお相手願えると聞いて楽しみにしていたのだがな。まさか、アルファリシア三大将軍の一人がこんな卑劣な真似をするとは。残念でならん」

アルフレッドの言葉に、フィーネが必死に首を横に振った。

「あの花を飾るようにお命じになられたのは、ミネルバ様ではありません！」

花という言葉を聞いて、サリアはハッとしてフィーネに問う。

「フィーネ、貴方もしかして、エユリファイナの花をアルフレッド殿下の部屋に飾ったのですか？」

「は、はいサリア様。わ、私、少しでもお客様に長旅の疲れを癒していただきたくて……」

サリアは思わず唇を噛んだ。

エユリファイナの花は白く清純で、その香りは旅人の疲れを癒す。だが、翼人の中にはその香りを嫌う者も多い。

侍女であれば、当然知っておかなければならない知識だ。翼人の客が珍しいとはいっても、それは言い訳にはならない。

「長旅の上、眠りを妨げられれば戦いの際の集中力も鈍る。銀竜騎士団の団長ともあろう者がこんな姑息《こそく》な手を使うとは、この国の騎士の程度が知れたというもの。あのような部屋では寝ることも出来ん、部屋を移らせてもらうぞ」

それを聞いてサリアは慌てる。

「お、お待ちください！　この部屋はもう先約が!!」

「ならばその客を別の部屋に移らせるのだな。俺はこの部屋が気に入った、侍女もお前に代わってもらうとしよう。この女のように騎士団付きの侍女では、今度は寝首でもかかれるかもしれんからな」

嫌味を言って部屋に上がり込もうとするアルフレッドに、サリアの顔が青ざめる。

（いけないわ、浴室にはオリビア殿下とミネルバ様が！　あのような姿を見られ、お二人のことが知れたら大変なことになってしまう！）

逞しい男の前に必死に立ち塞がるサリア。アルフレッドは、そんなサリアに怒りの形相《ぎょうそう》を見せて吐き捨てる。

「この無礼者が！　侍女の分際で、この俺を誰だと思っているのだ!!」

「い、いや!!」

右手を振り上げる翼人の王子の姿に、サリアは身を固くした。

男の平手で、手ひどく頬を打たれると思うと恐怖で身がすくむ。王女付きの侍女としての誇りも忘れて、ただ怯えてしまう自分に屈辱を感じた。

固く目を閉じてその場に立ちすくむ。だが、サリアが頬に痛みを感じることはなかった。

そっと目を開けると、サリアの前に少年の背中がある。

一体、いつの間に現れたのか？　サリアには分からなかった。

まだ少し幼ささえ残した彼の横顔は、サリアが知るどの男性よりも凛々しく逞しく思える。オリビアやミネルバのお気に入りの、レオンというあの少年だ。

彼は、サリアを叩こうとした男に向かって静かに口を開く。

「何があったのかは知らないが、それぐらいにしておけ。女の頬を殴るなど男のすることではない」

自分の腕を掴んでいるレオンをアルフレッドは睨む。

「貴様……」

「この部屋は俺たちの部屋のはずだ、無法は許さん」

サリアは、自分を守るようにアルフレッドに立ちはだかった男の背中を見つめていた。

王女付きの筆頭侍女であるその知的な眼差しが、動揺したように揺れる。

冷静沈着がモットーの彼女の頬が少し赤く染まっている。他の侍女たちがそれを知れば、語り草になったことだろう。

(どうしたの私……変だわ)

オリビアの部屋で、レオナールから王女を守ったところを見た時から好ましい少年だと思ってはいたが、その感情はあくまでも侍女としてのものだ。

だが、こうして自分が守られてみると、全く別の感情が湧き上がってくる。

「大丈夫か?」

「は、はい……」

自分を心配するレオンの言葉に、乙女のようにそう呟いてしまう。

まるで別人なのだ。これまでは少年のように見えた彼が、こうして自分の前に立っていると別人のように思える。

後輩の侍女であるフィーネも、頬を染めて彼を見つめている。サリアはフィーネのそんな様子を見て、ようやく自分を取り戻した。

はたから見れば、自分もあんな顔をしているのではないかと恐れたのだ。

只の侍女ならともかく、王女付きの筆頭侍女のサリアがして良い顔ではない。

「くく、くはは……面白い。どうやらお前も銀竜騎士団の客人のようだな。俺は翼人の王国アルテファリアの王子アルフレッド。この部屋は、俺が使わせてもらうぞ」

サリアがそれを聞いて再び青ざめる。

「アルフレッド様、それは困ります！　この部屋は先約があると先程……」

サリアは、客間のソファーに置かれているオリビアとミネルバの衣装を横目で一瞥《いちべつ》した。

二人ともあそこで水着に着替えたのだ。あれを見られては、奥に高貴な女性がいることが知られてしまうだろう。

ミネルバたちも騒ぎに気付いているには違いないが、あの格好では出るに出られず歯嚙みをしているはずだ。

一方で、アルフレッドは不敵な笑みを浮かべながらサリアに言った。

「この男の部屋なのだろう？　ならば、余計にこの部屋が欲しくなるというものだ」

力ずくでも部屋に押し入ってこようとする様子のアルフレッドを見て、蒼白になるサリア。奥にいる王女やミネルバの存在を知られたら終わりだ。

そんな中、一人の少女が部屋に飛び込んでくる。

部屋の外で待つようにレオンには言われていたのだが、男の声を聞きつけて入ってきたようだ。

「アルフレッド殿下だと⁉」

白翼人の少女、ロザミアだ。それを見てアルフレッドは一瞬固まった。

「な！　何⁉　まさか、お前はロザミアか？」

アルフレッドはロザミアの腕を掴む。

「どういうことだ？　なぜ、お前がこんなところにいる！」

「は、放してくれ殿下。わ、私はもう死んだのだ……昔の私ではない」

ロザミアは男の手を振りほどこうと身をよじる。

だが、アルフレッドの手は、ロザミアの腕を軋むほどにしっかりと握っている。

「う……あ……」

彼女は痛みに美しい顔を歪めるが、すぐにその腕はアルフレッドから解放される。

レオンが翼人の王子の腕を握り、振り払ったのだ。

解放されたロザミアは、レオンに体を寄せる。

「ああ、主殿」

アルフレッドは、怒りを抑えたような声で言う。

「主殿だと？　貴様……その女を放せ」

レオンを睨む目は血走っている。

「その女は俺の女だ。優良な翼人種、白翼人である俺の子を産むべく選ばれた女なのだからな」

凄まじい闘気がアルフレッドから放たれる。

珍しく怯えているロザミアを、レオンはしっかりと抱き寄せると答えた。

「断る。貴様のような男にロザミアを渡すつもりはない」

「黙れ！　その女は俺のモノだ。俺は翼人族最強の戦士。そしてロザミアこそその妻に相応しい女だ」

怒りに燃えつつも、レオンの実力を感じたのか、距離を取るアルフレッド。と同時に、白い翼が大きく羽ばたいた。

それは、アルフレッドの体から立ち上る闘気で白く輝いていく。

その翼の光に共鳴するかのように、ロザミアの翼も白い光を帯びた。

ロザミアの美しい鼻梁《びりょう》と艶やかな唇が苦し気にビクンと震える。

「あ……う……主殿」

ロザミアの翼の付け根に、痣《あざ》のような印が浮かび上がっていく。

まるで彼女の意思に反して現れているようだ。怯えるロザミアを見てアルフレッドは笑う。

「思い出したかロザミア、誰が主人なのかをな。この白き翼の輝きの前では逆らえまい」

「ああ！　いやぁ！　やめてぇええ!!」

レオンの腕の中で悲鳴を上げるロザミア。

「ロザミア!!」

「主……殿、殺して……私はまた人形にされてしまう」

ヴァンパイアとして支配されていた時のことを思い出したのだろう。瞳には恐怖の涙が浮かんでいる。

アルフレッドはそれを見て嘲笑った。

「この翼の輝きを見れば逆らえぬように、その女の翼には印を刻んでいる。従順な俺の妻になるべく用意されたこの女を、あの魔族が奪ったのだ！　薄汚い魔族め、俺の前に現れれば八つ裂きにしていたものを」

そして、ロザミアに宣告する。

「魔族に使役《しえき》され汚れたお前を妻にしてやろうというのだ。感謝するのだな、ロザミア！」

一層強烈に輝くアルフレッドの翼に反応し、ロザミアの翼に記された印は強く輝き、美しい肢体《したい》が反り返る。

「あああ！　殺して！　もう殺してぇええ!!」

ロザミアは怯えていた。再び意思を奪われ、誰かの人形にされてしまうことへの恐怖。薄れゆく意識の中で、自分を抱き締めるレオンの顔を見つめる。

彼だけが自分を支配しようとしなかった。

魂を拘束する主でありながら、一度も力ずくでロザミアを従えようとしたことはない。

苦しむ彼女の魂の傍で、ただそっと自分を支えてくれたことが嬉しかった。彼の傍にいる時は心から安らげたのだ。

アルフレッドに使役されれば自らの意識に関係なく、レオンに剣を向けるだろう。

翼人の王子がそう命じるのは分かっていた。

束縛《そくばく》に抗《あらが》って、必死に舌を噛もうとするロザミア。だが、彼女の体は強く抱き締められる。

「お前が死ぬ必要はない、ロザミア。俺はお前の主だ、この魂にかけてお前を守ろう」

「主……どの……」

ロザミアの瞳から一筋の涙が零れ、その頬を伝っていくと同時に、彼女の翼の輝きが増していった。

そして、その付け根に描かれた印が次第に消え去っていくのをアルフレッドは見た。

「何だと!!」

ロザミアの体がガクンと震えて、彼女は意識を失った。美しい顔には、涙の跡が残っている。

レオンはロザミアを静かに床に降ろす。

「ロザミアの魂が、貴様が植え付けた薄汚れた印を消し去ったのだ」

「馬鹿な……翼人族王家に伝わる秘術を!!」

レオンの体から立ち上るすさまじい闘気。サリアには、それがまるで真紅の獅子のごとく、彼の体を覆っているように見える。

レオンは膝をついてロザミアの頬の涙を拭くと、アルフレッドに言った。

「この外道め、お前は俺を怒らせた。ロザミアの涙の代償を支払ってもらうぞ」

「代償だと？　愚か者めが……俺を裏切ったその女と、貴様には死を与えてやろう!!」

アルフレッドの目は血走っている。

横たわる美しい白翼人の少女への執着、そして肥大した己のプライドの表出。

ぞわり!

正気を失ったその表情に、サリアは総毛立つ。

彼の白い翼は美しくも恐ろしい。サリアにはそれが白い死神の翼に思えた。

翼人の王子の翼が大きく広げられ、白い輝きを増していく。羽根の一本一本が、まるで小さな槍のように毛羽立っている。

時が止まったように、部屋の中の人間は微動だにしない。その膠着《こうちゃく》状態を作り出しているのは、対峙する二人の男だ。

次にどちらかが動いた時に勝負は決まる。サリアでさえも、それだけは分かった。

この拮抗《きっこう》が崩れれば、どちらかが倒れざるを得ないということも。

「死ねぇえええええいい!!」

先に動いたのは翼人の王子だ。白い翼が羽ばたいた瞬間、逆立っていた槍のような羽根が、白く輝きながら放たれる。

無数の死の槍。

その一本でも急所を貫けば命はない、必殺の一撃だ。

だが――

燃えている。

まるで獅子のごとき男の闘気が、死を告げるはずの白い槍を焼き尽くしていくのだ。

サリアは見つめていた。次々に襲い掛かる死の羽根の嵐の中で、前へと歩む男の姿を。

その男の肩で、腕で、そして頬の傍で、炎となって燃え尽きていく白い羽根。

アルフレッドの目が見開かれていく。

「ば、馬鹿な！　偉大なる翼人の王子であるこの俺の白き羽根が!!」

目の前に立つレオンの闘気に気圧され、アルフレッドは一歩後退する。

翼人族最強の自分が恐怖を感じ退いた。その事実がもたらす恥辱がアルフレッドを更なる狂気に走らせた。

「あ、あり得ぬ！　この俺が怯えるなどと！　認めるわけにはいかぬ!!」

剣を抜くことさえ忘れ、拳に闘気を込め、目の前の男に振り下ろす。

闘気で白く輝くその拳。アルフレッドは吠えた。

「貴様だけは生かしてはおけぬ！　貴様だけはぁあああ!!」

凄まじい衝撃音がして、翼人の戦士の拳がレオンの頭部に激突する。

サリアもフィーネも思わず叫んだ。

「きゃぁあああ!!」

「いやぁあああ!!」

死しかあり得ない。

拳の激突が、衝撃波となって二人にも感じられたほどの一撃である。

その振動に、ロザミアの目が静かに開く。まだ体が上手く動かないのか、横たわったまま薄《うっす》らと開いた瞳で、レオンを見つめた。

激突したアルフレッドの拳を見て、ロザミアの目からまた一筋の涙が零れた。震える唇が動く。

「主殿……」

「俺を信じろ、ロザミア」

その言葉を聞いて、サリアは目を疑った。

生きているのだ。勇ましい少年は、翼人の王子の拳を額に受けたまま、真っすぐに前を見つめている。

「言ったはずだぞ、お前は俺を怒らせたと。この痛みは、ロザミアの心の痛みだ。それゆえに敢えて受けたに過ぎん」

アルフレッドの目は驚愕に見開かれていた。

「き、貴様！　貴様ぁあああ!!」

獣のごとく吠えると、再び拳を振り上げる。

それを見てレオンは拳を握りしめた。拳の紋章が燃え上がるように輝く。

「うぉおらぁあああああ!!」

交錯する二人の腕と腕。アルフレッドの拳が、レオンの頬を僅かに切り裂いた。

だが、その刹那――

吹き飛んだのはアルフレッドだ。

カウンターでその頬に突き刺さったレオンの拳が、翼人の王子の体を部屋の壁に叩き付けたのだ。

「ぐがぁあああああ！！！」

巨体が打ち付けられた壁面に、衝撃でひびが入っていく。

「がはぁああ!!」

アルフレッドは口から血を吐き、床に膝をついてレオンを睨みつけた。

「お、おのれ……ロザミアは渡さん、誰にも……」

彼の妄執《もうしゅう》は一つの愛の形なのだろうか。

レオンは静かにアルフレッドの傍に歩いていく。

「これほどの力がありながら愚かな男だ。ロザミアを愛していたのであれば、縛る必要などなかった。誰を選ぶのかはロザミアが決めることなのだからな」

◇　◆　◇　◆　◇

「……ロザミィもう動けないです」

俺の名はアルフレッド。あいつに初めて出会ったのは、そう言って王宮の中庭にうずくまる姿を見た時だ。

俺と同じ白い翼、忌《い》まわしい翼だ。

俺はこんな翼などいらなかった。兄上たちと同じ普通の翼で良かったのだ。

そうすれば、兄上たちから疎《うと》まれることはなかっただろうに。

高貴な血筋に稀《まれ》に生まれる白翼人、それが俺だ。俺は、中庭にうずくまるあいつに声をかけた。

「どうした、チビ。何を座り込んでいる?」

俺が八歳、あいつが四歳の頃の話だ。

そう呼びかけるとあいつは立ち上がって、頬を膨らます。

「ロザミィはチビじゃないです！　お羽だってもう動かせるです!!」

そう言って、俺の前で背中の翼をぎこちなく羽ばたかせるあいつ。

だが、すぐにまたその場所にうずくまる。

「お父様はお仕事です。ロザミィ、蝶々《ちょうちょう》を追いかけてたら迷子になったです……お腹すいたです」

「来い、食い物ぐらい食わせてやる」

なぜ声をかけたのか。どうして、そんなことを言ったのか。俺にも分からない。同じ白翼人だからだろうか。

末の王子の俺が特別な力を持って生まれてきた。

それゆえに浴びせられる眼差しは、とても心地いいものとは言えない。

嫉妬や怒り。そして、殺意に近い憤り。

兄たちから感じるのは、いつもそのいずれかの感情だけだ。それを知ってか、王宮の連中も腫物《はれもの》に触るかのような態度だ。

それをあいつからは感じなかったからだろうか。

俺の部屋で、他国から献上された茶菓子を山のように食べるあいつ。口の端に菓子の欠片《かけら》を幾つもつけて俺に言った。

「美味しいです！　ロザミィ、こんな美味しい物初めて食べたです!!」

嬉しそうに微笑むあいつの顔。俺はそれをずっと眺めていた。

あいつは、王家に仕える聖騎士の娘で名をロザミアといった。同じ白翼人同士、俺たちはいつしか剣を競い合う仲になっていく。

「ふぅ、やっぱりアルフレッド殿下にはかなわない」

「当然だ、お前のような食いしん坊のチビに俺が負けるものか」

「い、言ったな！　私はもうチビではない、殿下とて許せん!!」

俺に拳を振り上げるロザミア。だがそれは振り下ろされることなく、お互い腹を抱えて笑った。

あいつが現れて俺の世界は変わった。

世界を閉ざしていた氷が、ゆっくりと溶けていくように。

疎まれている俺にも、心から笑ってくれる者がいる。そう思った。

だが、俺が十八歳になったその日。全てが崩れ去った。

母上が俺を殺そうとしたのだ。

俺が眠っている時に、短剣を持ち込んで。

馬鹿な話だ、母上のような戦いも知らぬ女が俺を殺せるはずもない。

だが……

「死んで！　アルフレッド！　貴方が死ねば、あの子の平安は保たれる!!」

母上が一番愛していたのは、王太子である俺の兄だ。

そんなことは最初から分かっていた。俺が母上とは別の女から生まれた子だということも。

誰も表立って言いはしないが、皆が知っている話だ。

だが、それでも母上は本当の母親のように俺に接してくれた。

ロザミアと同じく、俺がこの世で信じられる数少ない存在だ。

俺は母上が振り下ろした短剣を右手で掴んだ。鮮血が流れ出る。

「……ならどうして最初に殺さなかった？　どうして、出来もしない母親のふりをしたんだ!!」

「ああ、許して……アルフレッド、私は……」

床に崩れ落ちて涙を流す女……俺の母親はもうどこにもいなかった。

俺を生んだ女のことは名前すら知らん。育てた女は俺を殺そうとした。いずれ自分の息子を脅かす存在になるであろう、俺を。

俺は哀れなその女のことを振り返ることもなく、部屋を出た。無性にロザミアに会いたくて、翼を広げて空に羽ばたいた。

あいつの屋敷の二階にあるあいつの部屋。俺がそこに舞い降り窓を叩くと、ロザミアは驚いた顔をしたが俺を部屋に入れた。

「殿下、どうしたのだ？　そ、その手の血は一体⁉」

「ロザミア！　俺の女になれ、お前は俺を裏切らん！　そうだろう？」

俺がロザミアを抱き締めると、戸惑ったような顔をする。

「で、殿下？　わ、私は騎士だ。殿下のことは本当の兄のように思っている……そんなことを言われては、どうしたらいいのか分からない」

強く抱き締める俺に、どこか怯えていた。

「ロザミア……お前まで俺を裏切るのか？」

俺はロザミアに王家の秘術をかけた。ロザミアの翼の印はその時のものだ。

その日以来、あいつは俺の前で笑わなくなった。

俺は愚かだ……王宮の中庭で出会った日から、俺はただあいつに笑っていて欲しかっただけなのに。

そして今。膝をついた俺は、自分の前に立つ男を見上げた。それから、その先に横たわり、涙を流すロザミアに目を向ける。

「ロザミアを愛していたのであれば、縛る必要などなかった。誰を選ぶのかはロザミアが決めることなのだからな」

男はそう言った。

俺は静かに目をつぶる。

「殺せ、もう生きていても仕方がない」

「駄目だ！　主殿、殿下を殺さないでくれ……そのお方は、私にとって兄同然のお方なのだ」

苦し気なロザミアの声が聞こえる。馬鹿な女だ、俺のことを兄などと。

瞼の向こうで、男が自らの拳に、燃え上がるような力を漲《みなぎ》らせるのが分かった。

俺はその男に尋ねる。

「最後に一つだけ教えてくれ。お前の前ではロザミアは笑うのか？」

「ああ、よく笑う。そしてよく食べる。ロザミアはそういう女だ」

俺は笑った。

「ふふ、そうだな……そうだったな。止《とど》めを刺せ、もう悔いはない。俺の負けだ……戦士として、そして男としてもな」

凄まじい闘気を纏った拳が、俺に向かって振り下ろされる。

俺は黙って目を閉じていた。ロザミアの悲鳴と、衝撃音が辺りに鳴り響く。

だが……

俺はゆっくりと目を開いた。

「どうした、なぜ殺さん？」

奴の拳は俺の頬を掠め、壁に突き刺さっていた。

その瞳は、俺の瞳を射抜いている。

「お前の瞳にはもう一点の曇りもない。闇に落ちていたお前は今死んだ、もはや俺が倒すべき魔ではない。そう悟ったからだ」

「……甘い男だ。教えてくれ、勇者よ。お前の名を」

男は立ち上がるとロザミアのもとに歩いていく。

そして振り返らずに答えた。

「俺の名はレオン。翼人の王子よ、お前は強かった。ロザミアが兄と呼ぶ男に相応しいほどにな」

……強い。

世界は広いものだ。これほどの男がいるとは。

「ぐぅう!!」

俺は己の足に力を込めた。立ち上がる俺を見て王女の侍女が悲鳴を上げる。

「あ、安心しろ。もう戦うつもりはない」

俺はゆっくりと前に足を進める。やるべきことがある。俺にはまだやるべきことが。

ロザミアを抱き起こしたレオンの傍に歩いていく。

あの男は何も言わずに、こちらを振り返る。

その腕にはロザミアが抱かれていた。

「殿下……」

俺はその頬の涙をそっと拭いた。

「許せ、ロザミィ。俺は良い兄ではなかった」

あの日から、何度もロザミアは俺を救ってくれた。

こいつの笑顔が、凍り付いた世界から俺を救い出してくれたのに。

「ぬおぉぉおおおおお!!」

全身全霊を込め叫ぶ。俺の残された闘気を全て、白き翼に込めて。

ロザミアの翼がそれに呼応して白く輝き始める。

浮かび上がる、ロザミアを縛り付ける印。

「いけない！　そ、その印は!!」

侍女が再び声を上げた。だが、レオンは何も言わずに俺を見つめている。

俺は翼を大きく広げて叫んだ。

「うぉおおおお！　翼魂呪縛術式《よくこんじゅばくじゅつしき》、解呪!!」

先程、一時的には破れたかもしれん。だが、完全にこの秘術を解くには、術者である俺自らがそれを破らねばならん。

いや、もしかすると、この男ならば王家の秘術さえも解く力を持っているのかもしれぬ。

だがこれは、俺が命に代えてもするべきことだ。

俺はロザミアの翼の付け根に記された印が、完全に消えていくのを見た。

思わずその場に膝をつく。

視界が霞《かす》む。俺は自分の体がゆっくりと前のめりに倒れていくのを感じた。

そして、その体を支える女の姿を。レオンの腕から慌てて立ち上がったロザミアが、俺を支えている。

「殿下！」

「泣くな、ロザミィ。もう一度……昔のように笑ってくれ」

全ての闘気を、命を燃やし尽くした。

だが、もう悔いはない。死を覚悟した俺の体を、赤い闘気が包み込んでいく。

俺はゆっくりと目を閉じて、深いまどろみに身を委ねた。

5　大浴場と水の精霊

「殿下！　アルフレッド殿下!!」

ロザミアは、翼人の王子の体を抱き締めて泣いている。

俺はそんなロザミアの肩に手を置いた。

「主殿！　殿下は私のことをロザミィと呼んだ！　あれは昔の殿下の優しい瞳だった」

「ロザミア。心配するな、この男は気を失っただけだ」

「ほ、本当か！　主殿!?」

俺はロザミアの頭を撫でる。王家の秘術とやらを完全に解くためには、命を燃やすほどの力が必要だったのだろう。

ヴァンパイアの呪縛よりもさらに深く刻まれていた呪縛だったからな。俺でさえも、それが発現するまでは気が付かなかった。

俺の闘気を分け与え、解呪を助けていなければ今頃この男は死んでいたかもしれん。ロザミアの存在は、この男にとってそれほど大きなものなのだろう。

アルフレッドの体を抱きかかえると、俺は侍女に尋ねる。

「寝室に案内してくれないか。この男は一晩ゆっくりと寝かせる必要がある」

「は、はい！　分かりましたレオン様」

銀ぶちのメガネをかけた知的なその侍女は、まだおろおろとしているもう一人の侍女と共に、俺たちを寝室へと案内する。

俺はベッドの上に翼人の王子を寝かせた。

ロザミアはアルフレッドの姿をまだ心配そうに眺める。

「暫く傍にいてやれよ、ロザミア。その男はお前にとって兄同然なんだろう？」

「うむ！　幼き頃出会って、ずっと本当の兄のように思ってきたお方だ」

俺は二人をそこに残して部屋を後にした。

サリアという侍女は不安気な顔をしている。

「あ、あの二人だけにして大丈夫でしょうか？」

「ああ、心配はいらないさ。二人だけで語りたいこともあるだろう」

たとえアルフレッドが眠りについているとしても、ロザミアには語り掛けたいことがあるに違いない。それを邪魔するのは無粋というものだ。

「あ、あの！　先程は本当にありがとうございました！」

サリアとフィーネという侍女が俺に頭を下げる。

「ああ、気にするなって……それよりも」

俺は客間に戻ると、そのまま浴室へと足を向けた。

サリアが慌てて俺に声をかける。

「あ！　あのレオン様、そこは！」

俺は浴室に繋がる脱衣所の扉を開けた。オリビア王女の客の宿舎に相応しく、そこはとても広く、見事な細工が施された調度品が揃った部屋だ。

俺は溜め息をつきながら、その奥にいるはずの二人に声をかけた。気配は感じていたからな。

「ったく、オリビアはともかくミネルバ、お前がいるのならもっと早く出てこい……よ」

そこまで言って、俺は思わず言葉を失った。浴室からこちらに現れた二人の姿を見たからだ。

美しい肌をふんだんに露出した格好をしているミネルバは、俺の言葉に顔を真っ赤に染めて答える。

「し、仕方ないだろう！　こ、こちらにだって出るに出られない事情があったんだ」

「そうですわ、出ていけるものならとっくに出ていっています！」

オリビアはその美貌を少し赤く染めて、口を尖らせた。

輝くようなパープルのプラチナブロンドが、美しい白い肌の上で煌《きら》めいている。

バツの悪そうな顔をしてこちらを見つめる水着姿の美女たちの前で、俺は呆然と立ち尽くす。高貴な王女がする格好ではない。

そしてまた溜め息をつくと二人に尋ねた。

「やれやれだな。お前たち、どうしてそんな格好してるんだ？」


そんな騒動があった後、俺はティアナやチビ助たちを連れて浴室にいた。

「ふぁ！　大きいです!!」

「お家で見た時よりも、ずっと大きなプルプルです！」

ゆうに十人は一緒に入れそうな大きな浴槽の中で、プルプルッと震えている水の精霊。それは、今朝教会で召喚したものよりもずっとサイズが大きい。

その表面が大きく揺れて飛沫《しぶき》が周囲に飛び散ると、その飛沫が小さな塊になってぷるんと震えながら、浴室の床を動いている。まるで透き通った小さなスライムのようだ。

ミーアとリーアは、それを見て目を輝かせた。

「はわ！　何ですかこれ！」

「はうぅう！　可愛いですぅ！」

そう言って、チョコチョコと塊の後ろをついていく二人は愛らしい。好奇心で大きな耳がピンと立って、お尻の尻尾が左右に揺れていた。

対してレナは、小さなプルプルを見てうずうずした顔をしているが……

「な、何よあれ。確かにちょっと可愛いわね」

大人ぶりたいらしく、二人のようにはしゃぎたいのを我慢している様子だ。

「よし！　俺が一匹捕まえて来てやるぜ！」

キールはそう言うと、足元で動いている、小さく分裂した水の精霊を捕まえてみせる。

ミーアとリーアはキールに駆け寄った。

「はわ！　キールお兄ちゃん、ぷにょちゃんを捕まえたです」

「リーアも触りたいです！」

ぷにょちゃんというのは、小さく分裂した水の精霊のことだろう。

リーアたちは指先で小さな水の精霊をつつき始める。それを見て我慢が出来なくなったのか、レナも加わった。

「ちょっとキール、私にも触らせなさいよ」

少しおっかなびっくりとそれをつつくレナ。子供たちもみんな用意された水着を着ている。

ティアナも清楚な白い水着姿だ。そして、少し心配そうな顔で俺に尋ねた。

「レオンさん、ロザミアさんはどうしたんですか？　急にレオンさんを追いかけていったので心配で……」

「ロザミアなら大丈夫だ。後でやってくるさ」

念のためにシルフィに、ロザミアがいる部屋の外を守ってもらっている。

なんだかんだ言って結構いいコンビだからな。

フレアは小さな水の精の背中に乗って、カウボーイのように飛び跳ねている。

「ふぁ、フレアママ凄いのです！」

「格好いいのです！」

目を輝かせるリーアたちに胸を張るフレア。

「ふふ〜ん、でしょ！」

精霊たちの姿にオリビアも初めは驚いていたが、子供と楽しく遊ぶフレアを見てすぐに馴染んだようだ。

ティアナたちは、俺たちとアルフレッドの間に何があったのかを詳しく知らない。

部屋に向かう途中で殺気を感じた俺が、レイアに頼んでティアナたちを遠ざけ、ガードしてもらっていたからだ。

事態が落ち着いた後、ティアナたちを呼び戻すにあたって、サリアの機転で壁の穴やヒビは壁かけを使って隠した。しかし、これだけの立派な部屋だ。修理代が馬鹿にならないだろう。せっかく稼いだ金が吹っ飛びそうである。

俺の傍に立つオリビアが、こちらの内心の悩みを察したらしく、肩をすくめながら囁いた。

「まあいいわ、今回の修理代は私が持ってあげる。一つ貸しよレオン」

水着姿のオリビアは、豊かな胸を揺らしながら髪をかき上げる。

その仕草は優雅で高貴なのだが、なにしろ王女にあるまじき格好だ。目のやり場に困る。

王女は少し悪戯っぽく笑うと、

「うふふ、それよりもどう？　私たちの水着姿は」

まるで自分のスタイルの良さを誇るかのように、俺の前に立つ。その横にはミネルバも並んでいる。

清楚なティアナとは対照的な、大人の艶やかさだ。

「ちょ、殿下！　悪ふざけが過ぎます!!」

「いいじゃない。ミネルバったら、こういうことに関しては堅いんだから。ふふ、レオン、王女と公爵家の令嬢の水着姿なんてそうそう見れなくてよ？　ほら、隠してないで見せてあげなさいよ」

さりげなく胸を隠しているミネルバの手を掴むオリビア。美貌の女将軍の大きな胸と引き締まったウエストが露わになる。

さらにオリビアは、ミネルバの胸を、目立つように下から持ち上げた。

「きゃっ！　で、殿下!!」

ティアナが二人を睨む。

「もう！　王女殿下もミネルバ様もいい加減になさってください！　破廉恥《はれんち》です!!」

シスターであるティアナに怒られて流石に反省したのか、二人はコホンと咳払いをする。

そんな中、レイアが脱衣所からこちらを覗く。その頬は羞恥に赤くなっていた。

「殿下、ミネルバ様、ほ、本当にこんな姿でそちらに行けと？」

オリビアとミネルバはふぅと溜め息をついて、ツカツカとレイアの傍まで歩み寄ると、二人で彼女を浴室に引っ張り出す。

「今更、貴方だけそれはないでしょう？」

「まったくだ、レイア。覚悟を決めるんだね、私だって最初は恥ずかしかったんだからさ」

二人に半ば強引に引っ張り出されたレイアは、こちらを見るとさらに顔を赤くする。

「レオン、こ、これは違うのだ！　私の趣味ではない」

「何を恥ずかしがってるんだ？　よく似合ってるぞレイア」

青い色の水着は、レイアの青い髪によく映《は》えている。

「はう!!　に、似合っている……そ、そうか似合っているか」

レイアはなぜかそうブツブツ呟いて、咳払いをする。

そんなレイアの傍に、ミーアとリーアがやってくる。そして腕に抱いた小さな水の精霊を彼女に差し出した。

「ぷにょちゃん可愛いです」

「レイアお姉ちゃんにもあげるです！」

ここまで自分たちを案内してくれたレイアに、お礼をしたいのだろう。

「ぷにょちゃん？　ああ、これが例の水の精霊だな。ふふ、確かに可愛いものだ」

レイアは子供たちから精霊を受け取る。それは彼女の腕の中でぷにょぷにょと動いた。

「ふふ、あはは！　ちょっと待て、やめろくすぐったい！」

あまり表情を崩さないレイアが笑ったことが嬉しいのか、ミーアとリーアは尻尾を大きく左右に振っている。

レナとキールが俺の傍にやってきて言う。

「ねえ、レオン！　もうお風呂に入ってもいい？」

「俺たち楽しみにしてたんだからさ！」

俺は大きな浴槽に、手を入れてみた。そこでは、大きな水の精霊がプルンと震えている。

ロザミアも、少し落ち着いたらやってくるだろう。

俺は子供たちの言葉に頷いた。

「ああ、そうだな。ちょうどいい湯加減だ、皆で一緒に入ろうぜ！」

俺の言葉に子供たちは目を輝かせる。

ミーアとリーアに至っては、浴槽のふちから小さな手を伸ばして、すでに大きな水の精霊を触っていた。

「おっきいです！」

「はぅうう！」

嬉しそうな反面、一人で入るのには躊躇《ちゅうちょ》してしまうようだ。

大人であれば座って胸までつかる程度ではあるが、小さなミーアとリーアが二の足を踏むのも当然だろう。

「安心しろ、チビたちは俺とティアナと一緒だ。な、ティアナ」

「うふふ。はい、レオンさん！」

俺はリーアを、ティアナはミーアを抱いて浴槽に足を踏み入れる。

腕の中でリーアがもぞもぞと動いた。

「ほら、ジッとしてろって」

「あう、お耳に水が入るの嫌いです」

そう言って大きな耳をペタンとさせる。

隣を見るとミーアもそうしていた。二人のその姿が愛らしくて、ミネルバたちは和《なご》んでいる。

レイアは、傍に立っているキールをジッと見つめると尋ねた。

「キール、お前は私が抱いて入ってやろうか？」

「な！　レ、レイア姉ちゃん……な、何言ってるんだよ!?」

レイアの思わぬ提案に、真っ赤な顔で動揺するキール。普段はさらしを巻いているのだろうか、腰を少し曲げ、目線をキールに合わせるレイアの大きな胸が揺れた。

「何をそんなに慌てている？　ティアナに抱かれたミーアを、羨ましそうに見ていたではないか？」

レイアにとっては、キールもミーアやリーアと同様に子供という意識しかないのだろう。

ここまで子供たちを案内し、少し気心が知れたのもあるに違いない。

しかし、キール当人は真っ赤になって首を横に振る。

「べ、別に！　羨ましくなんてないやい！」

ミーアを抱くティアナの姿を見て、母親のことを思い出したのかもしれないな。

レナは呆れた顔をしてキールを眺める。

「まったく、キールっていつまで経っても子供なんだから。ほんと困ったものだわ」

「な、何だよ、お前だってリーアを羨ましそうに見てただろ？」

キールの言葉に、レナは真っ赤な顔になる。

「ば、ば、バッカじゃないの？　私はそんなに子供じゃないわ！」

ツンとするレナを見て、俺は笑いながら声をかけた。

「おい、お前たち早く来いよ。気持ちいいぞ！」

俺の隣でティアナもいい湯加減に頬を赤らめている。

「ふぅ、本当に気持ちいいわ。こんなお風呂始めて、二人ともはやくいらっしゃい」

「温かくて気持ちいいです！」

「早く来るです！」

ミーアとリーアの言葉に、キールとレナは顔を見合わせる。

「そ、そうか？」

「そ、そうね！　今朝から楽しみにしてたんだもの」

そう言って、浴槽に入ってくる二人。

水の精霊の温泉の中につかると、キールは興奮気味に言う。

「ふぁああ！　凄いぜこれ！　まるで自分がお湯になったみたいだ‼」

「ほんとだわ！　溶けちゃいそう……」

お湯の中で、長い耳を桜色に染めてうっとりとするレナ。

「そうだろう？　今朝よりも高位の水の精霊を召喚したんだ。本当の温泉よりもずっと気持ちいいし、体にもいいはずだぞ」

見た目はただ大きくなっただけに見えるかもしれないが、今朝呼び出した水の精霊よりも遥かに高位の存在だ。

四英雄の一人で、水の紋章を持つアクアリーテが契約していたウィンディーネには敵わないが、こいつは言ってみれば、普通の水の精霊の中では主のような存在だな。こいつのお湯は、他の水の精霊のように汚れを浄化するのはもちろんだが、疲れも癒してくれて美容にもいい。

しかも、こいつは軽く数百年は生きているはずだ。今の時代の術者では普通は呼び出せないだろう。

俺は笑いながら答える。

「本当は今日から数日がかりで、教会に露天風呂用のでっかい木の浴槽を作るつもりだったんだけどな。残念だが、それはまた今度だな」

「まあ！　レオンさんたら、そんなことをするつもりだったんですか？」

「ん？　いけなかったか、ティアナ」

ティアナが、クスクスと笑いながら首を横に振る。

「いいえ、子供たちのためにレオンさんがそんなことを考えていてくれたのが嬉しくて！　ふふ、私もお手伝いします」

キールはそんな俺たちを眺めながら、少し照れたように言う。

「へへ、何だかさ、ティアナ姉ちゃんとレオンって、俺たちの父ちゃんと母ちゃんみたいだよな」

「そういえばそうね。レオンって、見た目よりもずっと頼りになるんですもの」

レナが俺を見つめてはにかむ。

そうこうしているうちに、オリビアやミネルバ、そしてレイアも湯の中に入ってくる。

オリビアは、お湯につかると目を見開いた。

「嘘……何なのこれ？　嫌だわ、本当にとろけそう」

自分の周りでプルプルと流れる水流に頬を染めるオリビア。

ミネルバやレイアも肌を上気させながら言う。

「確かに、まるで自分が湯と一体になったような気分だ」

「こ、これは、天国だ」

最高の温泉でもこうはいかないだろう。

この国の王女は暫く湯を堪能した後、こちらをジッと見つめて俺に詰め寄った。上気した顔からほんのりと汗の匂いが香ってくる。

　オリビアが口を開く。

「レオン、貴方酷い男ね」

「な、何だよオリビア、そんな顔して」

　詰め寄られる覚えはない。

　オリビアは美しい頬をすっかり赤く染めながら俺に言う。湯の蒸気に濡れているパープルの髪が、どこか艶《なま》めかしい。

「こんな体験をしたら、どんな豪華な温泉旅行にも満足出来ないわ。それに少し入っただけでお肌もすべすべだし、女を虜《とりこ》にする悪魔のお湯だわ」

「悪魔のお湯って、そりゃないだろ？」

　オリビアはふふっと相好《そうごう》を崩した。

「うふふ、それは冗談としても、これで余計に貴方が手元に欲しくなったわ。毎日こんな湯浴みが出来るだけでも十分に価値はあるもの」

　そう言ってこちらに体を寄せるオリビアの胸を、リーアが見つめている。

「凄くおっきいです！　ティアナお姉ちゃんと違うです！」

「え？　きゃ!!」

　慌ててオリビアは胸を隠した。

こちらに上半身を乗り出したことで、自分の胸を強調してしまっていることに気が付いたのだろう。

一方で、ティアナは大きく頬を膨らませた。

「王女殿下が大きすぎるんです。わ、私は普通だわ……それにこれからまだ大きくなります！　ね、レオンさん？」

ね、って言われてもどう答えりゃいいんだ？

「お、おい、大きくなるってティアナ。俺にそんなこと聞かれてもな。こらリーア、お前のせいだぞ？」

俺が鼻の頭をツンとつつくと、リーアはくすぐったそうに笑う。

「えへへ、リーア幸せです」

こうやって、一緒にお風呂に入るのが楽しくてしょうがないのだろう。水が入るのが嫌だとさっきまで垂れていた耳も、今はピコピコと動いている。

オリビアはまだ水着の胸の部分を隠したまま、少しバツが悪そうな顔で俺に言った。

「そうだわ、ねえレオン。貴方に一つ相談したいことがあるの」

「俺に相談？」

「ええ、貴方にお父様と会って欲しいのよ」

オリビアの言葉に俺は首を傾げた。

「お父様って、つまり国王陛下のことだろ？　確かに俺は慰霊祭での国王の護衛を頼まれたが、今は城の中だ。警備は十分だろう？」

「そうじゃないのよ、この温泉にお父様も入れて差し上げたくて。各地の慰霊祭への臨席や、王都での使節団との面会、傍で見ていても最近の公務は大変だもの。お父様は温泉が大好きなんだけど、近頃はゆっくり保養地に行っている暇もないの。でも、この温泉ならどの保養地のものよりも体に良さそうだわ」

オリビアの言葉に俺は笑いながら答えた。

「何だそんなことか。案外親孝行なんだな、オリビアは」

「ちょっと！　レオンたら失礼ね。お父様に、たまにはゆっくりと温泉ぐらい入って欲しいと思うのは娘として当然でしょう？」

リーアが耳をパタパタさせながら、会話をする俺たちを見上げた。そして嬉しそうに笑う。

「リーア温泉大好きです！」

「ミーアもです！」

ティアナの腕の中にいるミーアが相槌を打つ。本物の温泉ではないが、チビ助たちはすっかり気に入ってくれたようだ。

そんな二人を眺めながらオリビアは微笑む。

「どうかしら？　元々、貴方のことは慰霊祭の前に父に紹介するつもりだったし。例の人魔錬成に関する一連の事件の経緯も、正式に報告をしたいわ。貴方が戦ったという闇の魔導士の存在もね。ミネルバ、レイア、貴方たちも一緒に来てくれるわね」

「ええ、もちろん。私も坊やを陛下に紹介したいと思っていましたから」

「畏まりました、殿下」

俺は肩をすくめると答える。

「でも、俺は国王陛下に正式に謁見《えっけん》出来るような身分じゃないぜ？　何しろ只の冒険者だからな」

実際は元王子だが、それでも辺境小国の第六王子に過ぎない。

仮にそれを明かしたところで、これほどの大国の国王に謁見出来る立場ではないだろう。それに、もう追放されてるからな。

「さっきも城門のところで何台も馬車がとめられて検閲《けんえつ》を受けていたが、各国からの使節団が謁見の順番を待ってるんだ。冒険者の俺が先にってわけにもいかないだろ？」

アルフレッドを見ても分かるが、使節団のほとんどは各国の王族か上級貴族だ。それを飛び越えて謁見するなど、到底出来るとは思えない。

俺の言葉にオリビアは首を横に振る。

「正式な謁見ではないわ。貴方にはミネルバやレイアと一緒に、私の護衛騎士の一人として宮殿内に入ってもらうつもりよ」

「護衛騎士って、俺がか？」

騎士なんてのはどうも性に合わない。

だがしかし、国王に会うならば、確かにオリビアの傍についていくのが一番だろう。実際に護衛をする相手だ。その前に会っておいた方がいいのは間違いない。

もう前金で白金貨も貰ってる。せめて金の分は仕事をするべきだからな。

オリビアは俺の意思を確認するべく、こちらを見つめている。

大国の王女にもかかわらず、無理強《じ》いしないのがオリビアの良さだろう。

ハーフエルフのティアナや、孤児院育ちのチビたちにも嫌な顔をせずに接してくれる。王族や高位貴族には、中々出来ないことだ。

「どう？」

「まあ、オリビアに頼まれると嫌とは言えないな。それに俺も一度この国の王に会ってみたかった。聞きたいこともあるからな」

気になるのは四英雄とこの国の関係だ。オリビアの話では、王位継承権がある者が入れるという神殿とやらで、俺たちが描かれた壁画を見たらしいからな。

そして、この国の王だけが知ることがあるとも言っていた。もちろん、そんな秘密を俺に話してくれるとは思えないが、聞くだけ聞いてみても損はないだろう。

俺たちとこの国に一体どんな繋がりがあるのか。あれから二千年も経っているからな、俺には想像もつかない。

自分でも色々な文献を探ってはみたが、どれもあやふやな伝承レベルの話だ。確かだと思える話は何もない。

それに……

闇の術師と戦ったあの時、消えた黒い影のことを思い出す。

『貴方の強さに敬意を表して、一つだけ教えてあげましょう。この時代を生きている四英雄は貴方一人ではない……少なくとも他に一人私は知っている』

奴は確かにそう言っていた。人魔錬成に手を染めるような外道の言うことを真に受けるつもりはないが、気になる話ではある。

それが本当だとしたら仲間は俺以外に二人、どちらのことを言っているのか。

いや、あいつはただ四英雄とだけ言っていた。

だとすればもう一人……

「馬鹿馬鹿しい。それこそあり得ない話だ」

俺がそう呟いて首を横に振ると、リーアがこちらをジッと見つめている。

「はう……レオンお兄ちゃん、怖い顔してたです。怒ってるですか？」

「はは、ごめんなチビ助。少し考え事をしてたんだ。お前に怒るはずがないだろう、リーア」

俺が頭を撫でると、くすぐったそうにしながら笑う。

「えへへ、優しいレオンお兄ちゃんに戻ったです！」

そう言って俺にギュッとしがみつく。

よっぽど怖い顔をしていたらしい、チビたちの前で奴のことを考えるなんて、俺もどうかしてるな。

改めて俺はオリビアに答えた。

「オリビア、護衛騎士の件は引き受けるぜ。俺を国王に会わせてくれ」

「ふふ、分かったわ。貴方の身分証や騎士の服装はすぐにでも用意させるつもりよ」

「ああ、頼む」

俺たちがそんな会話をしていると、脱衣所から声が聞こえた。

「オリビア様、サリアでございます」

「あら、サリア？　どうかしたの」

例の銀ぶちメガネの王女の侍女だ。入浴中の王女に声をかけるのは余程のことだろう。

一瞬、オリビアやミネルバの表情に緊張が走る。先程の一件があるからな、無理もないだろう。

俺は、皆にその場を動かないように伝えると、リーアをミネルバに預けて浴槽から出て、脱衣所に向かって歩く。

そして、サリアに問いかけた。

「どうしたんだ、何かあったのか？　サリア」

「え、ええ。レオン様、実はこのような物が届きまして」

そう言って浴室に入って来たサリアは、その腕から溢れんばかりの大きさの花束を抱えていた。

そしてティアナの方を向くと頭を下げた。

「ティアナ様へということです。先程、クラウス殿下のお付きの侍女が持ってまいりました」

「わ、私にですか？」

戸惑った表情で俺を見るティアナ。

「はは、ずいぶん豪勢な花束だな。そういえば、王太子が後で花束を届けさせるって言っていたっけ。ティアナ、別に噛み付くわけでもなし、貰っておけよ。まさか王太子に突き返すわけにもいかないだろ？」

「レオンさんたら！」

そう言ってなぜか俺を睨むティアナ。花束の上には、王太子の紋章らしきものが入った一枚の招待状が添えられていた。

こちらにやって来たオリビアは、それを見て呆れる。

城門で王太子のクラウスに出くわしたことは、オリビアにも話はしてある。ドレス姿のティアナを見て、エルフの王族か貴族の娘だと勘違いをしていることも。

「ティアナ、見せてもらっていいかしら？」

「ええ、もちろんです王女殿下。私……こ、困りますこんなこと」

オリビアは肩をすくめると、その封を切って中に入っていた手紙に目を通した。

「お兄様ったら、慰霊祭も近いのに相変わらずなんだから。ティアナ、貴方を明晩行われる舞踏会に招待したいそうよ。レオン、貴方たちのこともね」

「俺たちもか？　どうするお前たち」

豪華な花束が目を引いたのか、子供たちがこちらに集まって来る。

やっぱり女の子だな、レナは目を輝かせて花束を眺めると――

「うわぁ！　素敵なお花、こんな綺麗なお花見たことないわ!!」

「そりゃそうさ、レナ。なんていったって王太子様からの花束だもんな、ティアナ姉ちゃん凄《すげ》えや！」

キールもそう言ってその花束を眺めている。

リーアとミーアも俺の足元に来て花束を見上げていた。

「はう、お花です」

「いい匂いがするです」

そう言って小さな鼻をヒクヒクさせると、大きな尻尾を左右に振るチビたち。

俺は二人を抱き上げた。

「ほら、お前たちも近くで見るか？」

二人を抱きかかえて、サリアが持つ大きな花束に近づけてやると、小さな手を伸ばした。

「みゅう！　おっきいです」

「お花いっぱいです、とっても綺麗です！」

大きな猫耳をパタパタとさせて、もぞもぞと俺の腕の中から花を触っている。

ティアナは、そんな子供たちの様子を眺めながら溜め息をつく。

「貴方たちったら、お姉ちゃんの気も知らないで」

「はは、そう言うなって。どうせ突き返すことも出来ないんだ、サリアに部屋に飾ってもらおうぜ」

「もう、レオンさんたら……」

俺はサリアに願い出る。

「せっかくの花だ。悪いけど頼めるかな、サリア」

「ええ、もちろんですわ。レオン様がそう仰るのであれば喜んで！」

そんなサリアをオリビアはジト目で眺める。

「あら、珍しいわねサリア。私以外の人間の願いをそんなに嬉しそうに」

「ふふ、レオン様は特別です、殿下。先程、フィーネと一緒に助けていただきましたから」

サリアはお辞儀をして客間に戻っていく。

彼女ならきっと、見事にあの花を飾り付けてくれるだろう。いかにも優秀な侍女といった雰囲気だからな。

俺は招待状を手に取りながら、ティアナに言った。

「王太子の舞踏会か。こりゃあ滅多に招待されるものじゃないぜ、ティアナ」

「レオンさんの意地悪。私なんて行ってもどうせ場違いです」

「そうか？　あのドレス姿で出かけたら舞踏会でも注目の的になると思うぞ」

俺の言葉に、ティアナは頬を膨らますと答える。

「レオンさんは、そんなに私に王太子様の舞踏会に行って欲しいんですか？　あ、あのドレスはレオンさんに見てもらいたくて着ただけです。そうじゃなかったら、あんなドレスなんか着たりしません！」

「お、おい、そんなに怒るなって」

ティアナの思わぬ剣幕《けんまく》に俺は怯んだ。

「お姉ちゃん怒ったです」

「ティアナお姉ちゃん怒ると怖いです！」

リーアとミーアの言葉にレナが頷くと、腕を組んで俺を見上げる。

「お花は確かに綺麗だけど、もし私でも断るわ。レオンって本当に女心が分かってないわね！」

「へへ、レナもレオンに見て欲しくて、あのドレス着たんだもんな。鏡の前で何度もリボンを直したりしてさ」

「う、うるさいわね！　この馬鹿キール」

レイアはそれを眺めながら俺に言う。

「レオンは子供たちに好かれるタイプだな。父上もそうだった」

微笑ましいといった感じで俺たちを眺めるレイア。レイアの父親は身分に関わらず、剣の才能がある子供たちに門戸《もんこ》を開いた人物らしいからな。

だが——

「誰が子供なんですか？　レイアさん！」

「そうよ、私はもう大人なんだから！」

ティアナとレナに睨まれて、レイアはコホンと咳払いをする。

そして真顔になると俺たちに言った。

「しかし、王太子殿下であられるクラウス様からの正式な招待状だ。断ることなど出来まい」

「それもそうね。いいわ、私もその舞踏会には招待されるだろうし、ティアナと子供たちは私の招待客、レオンは先程も言ったように私の護衛騎士として一緒に出掛けましょう」

オリビアの提案にミネルバも頷く。

「流石のクラウス殿下も、オリビア殿下の客人を口説《くど》いたりはすまい。私も一緒に行くよ」

「確かにオリビアやミネルバと一緒に行けば問題はなさそうだな。それに……」

俺の言葉にミネルバは首を傾げた。

「それに？　何か気になることがあるのかい、坊や」

「ああ、王太子の傍にいたシリウスって奴が気になってな。城門のところで出会ったんだが、仮面の下から俺のことをジッと見ていやがった」

俺の言葉に、オリビアとミネルバが顔を見合わせると言う。

「シリウスが？　珍しいわね、彼が誰かに興味を持つなんて」

「ふふ、武人としての興味じゃないのかい？　私も分からなくもないよ」

俺は肩をすくめる。

奴からは不思議な力を感じた。まるであの鎧がそれを隠しているようで、ハッキリとは分からなかったが。

ミネルバとレオナール、他の三大将軍の二人とはどこか異質の力だ。

それにあの瞳……俺は、黄金の仮面の下からこちらを見つめるあの瞳を思い出していた。

「そうならいいんだけどな。黄金騎士のシリウスか。あの仮面の下にどんな顔が隠されているのか、正直、興味がないと言ったら嘘になるな」

6　舞踏会

翌日の夕方、俺たちは王太子のクラウス王子が主催する舞踏会に向かうための準備をしていた。

レナが先程から頭のリボンをしきりに直している。

俺はその肩に手を置いた。

「大丈夫だ、レナ。お前は可愛いぞ」

「そ、そうかしら！　レオンと一緒に舞踏会に行くんだもの。恥ずかしくない格好をしたいわ」

相変わらずませたことを言うレナ。緊張しているのか、そう言って俺の手をキュッと握る姿は可愛いものだ。

「ど、どうしよう。舞踏会だなんて、私もダンスとか踊るのかしら」

「はは、その時はぜひお相手をお願いしたいな」

「本当に！　こほん……そ、そうね。レオンとなら踊ってあげてもいいわ」

レナはようやく笑顔になる。

何しろ、子供たちは舞踏会なんて初めてだろうからな。

しかも王太子主催の舞踏会だ。お調子者のキールでさえ緊張した面持《おもも》ちである。

「お、俺、変じゃないかな？」

レイアは腰に手を当ててキールの姿を眺めると、その肩の上にポンと手を置いた。

「安心しろ。中々さまになっているぞ、キール。胸を張れ！」

「へへ、そうかな！　レイア姉ちゃんに言われると自信が出てくるな」

いつもと同じなのはミーアとリーアだな。

「ぶとうかいです！」

「はう、ぶとうかいってなんですか？　リーア分からないです」

リーアにそう聞かれて、ミーアも首を傾げた。二人ともよく分かっていないのだろう。

だが、リーアもミーアもすっかりおめかしをしてご機嫌だ。大きな尻尾をフリフリしながらチョコチョコと歩き回る姿は愛らしい。

俺は二人の傍に立つサリアに礼を言う。

「サリア、助かるよ。ありがとな」

「ふふ、レオン様ったら。私は当然のことをしたまでです」

サリアも手伝ってくれたからな。子供たちの衣装に似合う小物も用意してくれた。

オリビア付きの侍女だけあってそのセンスは卓越している。

一方で、ティアナは緊張した面持ちで俺を見つめる。

「レオンさん……」

「心配するなよティアナ。場違いなんかじゃないって、とっても綺麗だぞ」

「き！　綺麗……はう」

なぜかソッポを向くティアナ。キールが首を傾げた。

「何にやけてるんだ？　ティアナ姉ちゃん」

「にやけてなんていません！　キールの馬鹿！」

リーアとミーアが、純白のドレスを着たティアナに抱きついた。

「綺麗です！」

「お姫様みたいです！」

実際に、どこかのお姫様だと勘違いされているわけだしな。オリビアの招待客だと言っても、まったく違和感はない。

「確かにな。護衛騎士の俺で構わなければ、後で一緒にダンスを踊ってもらいたいぐらいだ」

「もう！　レオンさんたら、からかわないでください」

「はは、嘘じゃないさ」

ティアナも少し緊張が和らいだ様子だ。

「こほん……わ、私はどうだ？　主殿！」

そう言ったのはロザミアだ。ロザミアも純白のドレスが、背中の白い翼によく映えている。

「ああ、天使みたいだぞロザミア」

「て、天使！　そ、そうか……」

その横でアルフレッドが笑っている。

「よく似合っているぞロザミア。確かに、もうあの頃の食いしん坊のチビ助ではないようだな」

「殿下！　だから、私はいつもそう言っている」

あの後、二人でよく話をしたのだろう。もうわだかまりはない様子だ。

同じ白翼人ということもあり、ロザミアの言っていた通り、兄と妹といった雰囲気である。それはいかにも自然で、二人の本来の関係を表しているように見えた。

そして、アルフレッドは俺の方に向き直る。

「レオン、お前のことはロザミアから聞いた。ふふ、強いはずだ。まさかこんなところで伝説の男と戦えるとはな。信じがたい話だが、お前がロザミアに偽りを言うとは思えん。俺は信じよう」

レナが首を傾げる。

「伝説の男って？」

「はは、気にするなよレナ。もうずっと遠い昔の話だ」

「レオンたら、変なの！」

その言葉に俺と翼人の王子は、顔を見合わせると笑った。色々あったが、互いに魂を込めて戦った相手としか分からぬこともある。

アルフレッドは言う。

「ロザミアを頼む。お前なら安心してロザミアを任せることが出来る」

それを聞いて、ロザミアはアルフレッドの前に進み出ると――

「殿下……わ、私は」

「分かっているロザミア。国にはお前の父ももういない。肉親と呼べる者がいない国に帰っても辛かろう。レオンの傍にいろ、お前が国を出る手続きは俺がしておいてやる」

どうやら、ロザミアの親兄弟はもう祖国にはいないようだ。

ロザミアは目に涙を浮かべる。

「肉親はもういない。だが、私は殿下を兄と思っている」

「そうか。ならば時々は顔を見せに来てくれ、ロザミィ」

「うむ……うむ、分かった殿下！」

ロザミアの頬を流れる涙を、アルフレッドはそっと指先で拭いていた。

そしてミネルバに言う。

「ミネルバ将軍。そなたとの手合わせも楽しみにしていたが、それはまたの機会にしよう」

「承知したよ、アルフレッド殿下。私も手負いの戦士に勝っても自慢にはならないからね」

昨日の今日だ。使いつくした気力も、まだ万全には回復していないだろうからな。

「慰霊祭が終わるまでは、俺もこの国に留まる。またここを訪ねても良いか？　レオン」

「ああ、歓迎するぜ」

俺の言葉にアルフレッドは笑顔を見せると、オリビアに挨拶をする。

「オリビア殿下、世話になった。翼人の王子としてこの礼は改めてするとしよう」

「私は何もしていないわ、アルフレッド殿下。でも、その言葉は頼もしいわね」

そう言って二人は握手をすると、アルフレッドはその場を立ち去った。

やはり彼もクラウスの舞踏会に招待されており、王太子派の貴族とちょっとした会合をした後、会場に向かうそうだ。

暫くすると、日も沈み、一人の侍女が俺たちの部屋を訪れる。

サリアが迎え入れると、侍女は恭しく礼をした。

「皆様、クラウス様の舞踏会へご案内いたします」

「そうね、行きましょう」

オリビアの言葉に俺たちは頷くと、その侍女に案内されて、舞踏会の会場となる大ホールへと向かう。

中に入ると、会場の雰囲気にティアナたちは圧倒されている様子だ。

美しい壁画、そして調度品、いくつもの豪華なシャンデリアが会場を明るく照らし出している。

まさに大国の王太子が主催する舞踏会に相応しい雰囲気だ。

招待客も皆、艶やかに着飾っている。

そんな中で、主催者として招待客を迎えている王太子が、こちらに気が付くとやってくる。

そしてティアナの手を取ると、その甲に口づけをした。

「おお、美しいエルフの姫よ。貴方が来るのを心待ちにしていたぞ」

「あ、あの……王太子殿下、こ、困ります」

一斉に注目を浴びるティアナ。あからさまな嫉妬《しっと》の眼差しが、舞踏会に招待された他の女性たちから向けられている。

一方で、男性客からは感嘆の声が漏れる。

「おお、オリビア殿下がいらしたぞ！　それにミネルバ将軍に、あれが剣聖の娘レイア殿か」

「噂通りの美女揃いですな！」

「それに、あのエルフの姫や白翼人の美姫《びき》は一体……」

「なんともお美しい！」

オリビアとミネルバとレイア。その三人だけで十分人目を引くのに、ティアナとロザミアもいるからな。

華やかな舞踏会場でも、一際注目を集めるのはやむを得ないだろう。

しかし、一人だけ俺を見ている者がいる。クラウスの傍に控える、黄金の鎧に身を包んだ男だ。

それを見て王太子は笑う。

「どうやらお前が心待ちにしていたのは、美しい姫君たちではないらしいな。城門で会ったあの男か」

そして、妹であるオリビアに尋ねる。

「シリウスが誰かに興味を持つことなど珍しい。オリビア、どうやらお前の新しい護衛騎士のようだが、一体何者だ？」

王太子クラウスがそう尋ねた、その時――

俺たちの後ろから聞き覚えのある声がした。

「いけませんな。その男は、王太子殿下が興味を持たれるような相手ではございませぬぞ。聞けば只の冒険者風情だとか」

会場にいる人間は、一斉に声の主を振り返る。

そこに立っていたのは、髭を生やした好色そうな中年男だ。肥え太った体を高価な服で包み、指には下品なほど大きな宝玉《ほうぎょく》がついた指輪を嵌《は》めている。

王太子と出会った後に、俺たちが城門で出くわした男だ。確か大国であるフェントワーズのロイファデル公爵と名乗っていたな。

嫌がるティアナの腕を強引に握ろうとした奴だ。どうやらこいつも招待客の一人らしい。

そしてロイファデルの隣には、これまた見覚えのある、キザな顔をした長身の貴族が立っている。

ミネルバが、その姿を見て忌々しそうに呟いた。

「レオナール……」

「クラウス様、お招きにあずかりこのレオナール光栄の至り。オリビア様も今日は一段とお美しい」

レオナールはそう言って、恭しく王太子のクラウスと王女のオリビアに頭を下げてみせた。

オリビアは唇を噛む。

「よくもぬけぬけと」

昨日、王女の部屋での一件があったばかりだからな。ミネルバとレイアもレオナールを睨んでいる。

ロイファデルに俺が冒険者であることを伝えたのは奴だろう。

レイアが、ロイファデルはジュリアン王子の客だと言っていたからな。その配下にいるレオナールと面識があっても不思議ではない。

レオナールはこちらを眺めると笑う。

「ミネルバ将軍、まさか貴方が、冒険者風情をオリビア殿下の護衛騎士に推薦したのですかな？ふはは！　そうだとすれば、銀竜騎士団もよくよく人材が不足していると見える」

「黙れ、レオナール！」

王太子のクラウスの前だからだろう、ミネルバは怒りを抑えてレオナールを睨みつける。

その二人の雰囲気に、子供たちが怯えたように俺にしがみつく。

「レ、レオン！」

不安そうな顔で俺の手を握るレナ。俺はその手を握り返す。

「心配するなレナ」

「う、うん……」

キールはレイアの後ろに隠れている。あいつはやっぱり世渡り上手だな。

ミーアとリーアは俺の脚にしがみついてきた。

「はうぅう、ミーア怖いです！」

「リーアもです！」

俺は腰を落とすと二人を見つめる。

「大丈夫だ、心配すんな」

そんな俺を見て、ロイファデルは嘲笑いながら近寄ってくる。

「くくく、下賤《げせん》な身の上でよくもワシに恥をかかせおって」

俺が婚約者だと言って、ティアナからこいつを遠ざけたことを言っているのだろう。

そして、訳知り顔でクラウス王子の方へと振り返る。

「王太子殿下、この男は妹君にお仕えするのには相応しくない男。卑しい冒険者風情ですぞ！」

「ほう、ロイファデル公爵。この者が冒険者だと申すか？」

「御意にございます、殿下」

クラウスは振り返るとオリビアに問う。

「それはまことか？　オリビア」

「はい、お兄様。ですが、この者の腕前はミネルバのお墨付《すみつ》きですわ」

この辺りは流石オリビアだ。

きっぱりとそう答える姿に、ロイファデルは一瞬たじろいだ。

憎らしげに俺を睨むロイファデルの前に、ロザミアが進み出る。子供たちが怯えているのを見て、腹に据えかねた様子だ。

ロザミアの姿を見て、ロイファデルは下卑《げび》た笑いを浮かべた。

「なんだ貴様は。昨日はどこかの高貴な姫かと思い声をかけたが、聞いたぞ？　くくく、白翼人の女。貴様も下賤な冒険者の一人だとな」

そう言って、目の前に立つロザミアを手で払いのけようとした。

その時——

「下賤だと？　ロザミアは我が妹も同じ、それは俺への侮辱《ぶじょく》と受け止めて良いのか？　ロイファデル公爵」

「殿下!!」

そう叫んだロザミアは、こちらに歩いてくる男を見つめていた。

アルフレッドだ。舞踏会用の衣装に着替えたその凛々しい姿に、会場の女性たちから感嘆の声が漏れた。

「アルフレッド殿下ですって？　あれが翼人の国の王子！」

「噂通り素敵なお方ですわね！」

「ええ、見惚れてしまいますわ」

「優れた戦士が多い翼人族の中でも、最強でいらっしゃるとか」

ロイファデルは、アルフレッドの言葉に動揺を隠せない。

フェントワーズは大国の一つではあるが、翼人の国が決して侮れぬ力を持っていることはよく知っているはずだ。

両国は一部隣接しており、翼人族の強さは身に染みているだろうからな。

「い、妹同然ですと？　こ、この女が？」

アルフレッドは、そんなロイファデルを意に介することなく、クラウスに深々と頭を下げる。

そして口を開いた。

「王太子殿下、妹君は実に聡明なお方だ。身分などと下らぬことに縛られず、本当に優れた者を見極める力と勇気がある」

そして俺を振り返ると笑みを浮かべた。

「ここにいる男はまことの武人、このアルフレッドが全身全霊をもって挑み敗北した、唯一の男だ。これ以上の騎士などおらぬだろう」

ロイファデルは呻《うめ》きながら俺を睨んだ。

「ば、馬鹿な！　こんな下賤な冒険者風情が!!」

「ほう、この俺が言うことが信じられんか？　ロイファデル公爵」

白く輝く闘気をその翼に纏ったアルフレッドは、好色そうなでっぷりと太った中年男に向かって歩いていく。

殺気にも近い彼の気配が、ロイファデルの顔に恐怖を浮かび上がらせ、尻もちをつかせた。

「ひっ！　ひぃぃぃぃ‼」

怯えた声を上げて、ロイファデルは這《は》いずるように後ろに下がる。

情けない奴の姿を見て、会場の招待客からは失笑が漏れた。

「お、おのれ……よくも、このワシに恥を！　お、覚えておれ‼」

ロイファデルは宴の主催者が誰かということすら忘れて、血走った眼でその場を立ち去った。

肥え太ったその背中を眺めながら、クラウスは言う。

「あの程度の男を使節団として送り込んでくるとは。フェントワーズとの関係は、少し考え直す必要がありそうだな」

王太子はそう言った後、こちらを振り返ると笑みを浮かべる。

「それにしても、武名を挙げているアルフレッド王子がそれほどまでに称える男か。私もその腕を見てみたいものだな。どうだシリウス？　お前も興味があるようだから、一つ手合わせをしてみては。舞踏会の余興《よきょう》としては面白かろう」

それを聞いてオリビアが慌てて声を上げる。

「お、お兄様！　冗談が過ぎますわ。舞踏会場でそんな血なまぐさいことを」

オリビアの言葉にクラウスは答える。

「何も殺し合いをせよとは言っておらぬ。舞踏会にはそれに相応しい競い合いがあろうというもの。美しく華麗《かれい》に競うのであらば文句などあるまい」

華麗に競い合う？　一体どういうことだ。

クラウスの言葉に、会場に集まった招待客もざわめいた。

女性客からも好奇心に満ちた声が上がる。

「まあ！　黄金の騎士と呼ばれるシリウス様が⁉」

「どのような勝負をなさるのかは知りませんが、あの可愛い少年には少し気の毒に思えますわね」

「ええ、シリウス様は、アルファリシアの三大将軍の中でも最強との呼び声の高いお方。流石に勝負にはならないでしょう」

「クラウス様も酷《こく》なことを仰るわ」

クラウスは、俺を見つめると言う。

「我が妹オリビアの護衛騎士ともなれば責任は重大だ。私もそなたの力を知っておきたい。『薔薇《ばら》の武舞踏《ぶぶとう》』と呼ばれる儀式、受けてはみぬか？」

「薔薇の武舞踏？　それは一体」

王太子の提案に、クラウスの傍にいる黄金騎士団の騎士たちが色めき立った。

「殿下！　『薔薇の武舞踏』は、我が黄金騎士団でも真の強者のみに許される名誉ある儀式！　そ、それを冒険者上がりの男などに……」

「い、いくらオリビア殿下がお選びになられた護衛騎士とはいえ、そのような誉《ほま》れを！」

「どうかお考え直しを！」

『薔薇の武舞踏』とやらがどんな儀式なのかは分からないが、どうやら黄金騎士団の連中にとっては重要なものらしい。

クラウスを囲む奴らの、俺を睨む目がそう物語っていた。

一方で、レオナールはそんな連中を煽るがごとく、不敵な笑みを浮かべた。

「クラウス殿下、私も反対でございます。あり得ぬとは思いますが、万が一がございましたら、王国を支える黄金騎士団の権威に傷がつきましょう」

レオナールの言葉に、黄金騎士団の騎士たちが一斉に反発する。

「レオナール将軍！　万が一とはどういうことか？」

「シリウス様が敗れることなどあるはずもない」

「無礼ではありませぬか！」

そんな中、一人静かにこちらを眺めていたシリウスが前に進み出る。そして、そのままレオナールの前に歩いていく。

その刹那——

レオナールの顔から笑みが消えた。

シャンデリアに照らし出された銀光が、レオナールの鼻先で止まっている。

それがシリウスが抜いた剣の刀身が放つ光であることに、周囲の者は遅れて気が付いて息を呑む。

シリウスはレオナールに問う。

「どうしたレオナール、まだ心配か？」

その静かで澄み切った声に、会場に集まった招待客からどよめきが起きた。

「な、なんという！」

「一体、いつ剣を抜いたのだ!?」

「ただ歩いているようにしか見えなかった……」

「そ、それに、あのレオナール将軍が動けもせぬとは！」

ミネルバとレイアも呻く。

「速い……」

「黄金の騎士、相変わらず恐るべき腕だ！」

剣を突きつけられたレオナールの目は、憎悪《ぞうお》にも似た嫉妬に染まった。対峙するシリウスに向かって、吐き捨てる。

「ぐっ！　勝手にするが良かろう!!」

奴は怒りに震えながらも後ろに引き下がる。シリウスは剣を鞘にしまうと、今度はこちらに向かって歩いてきた。

黄金の仮面の下に見える瞳が、俺を射抜いていた。

そして尋ねてくる。

「今のは、当然見えていたのだろうな？」

「ああ、見えていた」

俺の答えに、仮面の下の顔が笑みを作るのを感じた。

見えはしないが、目の前の男は確かに笑っている。

「いいだろう。それでは、今度はお前の技を見せてもらおうか。我が黄金騎士団の伝統である『薔薇の武舞踏』、華麗なるその戦いの中でな」

◇　◆　◇　◆　◇

シリウスのその言葉を聞いて、セーラは慌てていた。

彼女は王宮の侍女、それも王太子クラウスに仕える侍女の筆頭である。

髪の間から長く伸びた耳は、ウサギのそれによく似ている。セーラは獣人族、それも非常に希少なラビトルアス族だ。

年齢は二十歳、ルクトファイド伯爵家の令嬢でもある。

美しくも可憐な彼女の容貌は人目を惹く。獣人族でありながら貴族であることは、この国では珍しい。

今から三十年ほど前、とある戦争で思わぬ敗走に追い込まれた当時の王太子、つまり現国王を救ったのが、辺境の地に隠れ住むラビトルアス族だったのがその理由だ。

小部族の長だったルクトファイドは、その功で伯爵の爵位と領地を貰い、今では部族の者たちと豊かに暮らしている。

アルファリシアの伯爵ともなれば、小国の王と等しい力を持つと言っても過言ではないだろう。

しかも、彼の娘であるセーラは、次期国王となる予定のクラウスの懐刀《ふところがたな》と言って良い立場だ。

侍女でありながら、様々な面でクラウスを支えている。非常に有能で、今回の舞踏会も彼女が中心となって開催の準備を進めてきたのだ。

それが、思わぬトラブルに見舞われている。

彼女は唇を噛むと呟いた。

「『薔薇の武舞踏』だなんて無意味だわ。初めから勝負は決まっているもの」

セーラは事態の中心である少年を見つめる。王女オリビアの新しい護衛騎士だというが、相手が悪い。

「レオナール将軍でさえ、身動き一つとれなかったというのに」

傲慢なレオナールをセーラは嫌ってはいたが、鷲獅子《グリフォン》騎士団を率いるだけあって武芸の腕は確かだ。そのレオナールでさえ、黄金の騎士と呼ばれる男には遠く及ばない。

あの少年も身動きすらとれずに、勝負は終わるだろう。

シリウスは戦いに関しては一切の妥協のない男だ。

そうなれば場はしらけ、恥をかくのは主のオリビアである。

それは、クラウスにとっても決してプラスにはならない。

シリウスがオリビアの配下の者を一方的に叩きのめし、恥をかかせたのであれば、王太子であるクラウスの器量を陰で謗《そし》る者も出てくるだろう。

聡明で王位継承権二位である妹を、そこまで恐れるのかと。

(クラウス様にそのつもりがないとしても、そう見る者もいるわ)

セーラはそれをよく知っていた。父親から『政治』というものを十分に教わっている。

噂とはそれぞれの立場の者によって、都合の良いように尾ひれを付けて広がるものだ。

ここには各国の使節団の人間がいるのだから尚更である。

彼女は王太子の傍に歩み寄ると耳元で囁いた。

「クラウス様、おやめくださいませ。シリウス団長自ら相手をするなど馬鹿げていますわ」

「相変わらず心配性だな、セーラ。案ずるな、これで下らぬことを噂する者は、いずれ私を裏切る者たちだ。王座に就く前に尻尾を出させてやれば、こちらも労が少なかろう」

クラウスは笑みを浮かべながら囁き返す。

冗談なのか本気なのか分からないその表情に苦笑するセーラ。

(クラウス様ったら、簡単に仰るわ)

繊細すぎては大国の王などとても務まらない。その重圧に潰されてしまうだろう。

優雅な外見に反して大胆なクラウスの気質は国王に向いている。そうは思うが、支える者としては苦労も多い。

セーラは美しい顔で王太子を一睨みすると言う。

「分かりましたわ殿下。それならば、私も勝手にやらせていただきます」

彼女は傍にあるテーブルの上に飾られた薔薇を二輪、その手に取る。

そして、黄金騎士団の団員に声をかけた。

「剣を私に。シリウス団長が相手をする話ではない」

「は！　セーラ様!!」

凛々しい横顔は、もはや侍女のそれではない。戦士のそれだ。

クラウスは笑みを浮かべたまま言う。

「確かに『薔薇の武舞踏』には、セーラの方が相応しいかもしれんな」

彼女はホールの中央で対峙する、二人の男に近づいていく。

そして、シリウスを見つめながら、彼の前に立つ少年に赤い薔薇を一輪投げ渡した。

「団長。悪いですが、この者の相手は私が務めさせていただきます。黄金騎士団を束ねる者がなさることではありませんわ」

舞踏会に合わせたドレスを身に着けた美しい侍女と、その手に握られた一輪の薔薇と剣。

あまりにも対照的なその二つを眺めながら、会場に集まった者たちは思わず声を上げた。

「もしや、あれが噂の舞踏侍女か？」

「ああ、舞うがごとく戦う姿からそう呼ばれていると聞いたが。侍女でありながら、黄金騎士団の副長の一人を務めている女騎士だ」

「その腕は三大将軍に匹敵すると聞くぞ」

セーラは、自分が投げた薔薇を受け取ったレオンを見つめている。

ロザミアはそんな彼女の姿を見て、アルフレッドに言った。

「あの女……強い」

「お前にも分かるか？　ロザミア。セーラ・ルクトファイド、この国で俺が戦ってみたかった相手の一人だ。かつてこの国の王を救ったと言われているラビトルアス族の力。それを、一番色濃く受け継いでいる女だと聞く」

シリウスは黙ってセーラを見つめると、口を開いた。

「いいだろうセーラ、やってみろ。ただし最初から全力でいくことだな。場を盛り上げようなどと思えば、お前でも敗北は免れんぞ」

その言葉に場が凍り付く。黄金騎士団の面々は思わず呻いた。

「シリウス様、何を……セーラ様は我が黄金騎士団の副長の一人」

「『閃光《せんこう》のセーラ』と呼ばれるお方！」

「敗北などあり得ませぬ！」

美しいラビトルアス族の舞踏侍女もまた、気配が変わる。

「私が負けるとでも？　言っておきますが、私には先程の剣は見えていましたよ」

「ほう、お前の力を使えばあり得るかもしれんな」

シリウスは愉快そうに笑った。

同時に、ドレス姿の侍女の全身を、銀色の闘気が覆っていく。

只の闘気ではない。そこには強い魔力が混在している。

薔薇を持ったその手が音楽隊へと指示を出す。音楽を奏でよと。

優雅な楽曲がホールに響き始める。

既に、セーラとレオンは大ホールの中央に立っていた。

二人の『ダンス』を心待ちにするかのように、招待客は少し距離を取り、彼らを見守っている。

ホールに流れる曲を聞きながら、セーラは目の前の少年に言った。

「その薔薇を服の胸にさしなさい。それはいわば貴方の心臓。私との舞踏の中で散ることになる、儚《はかな》い運命を持つ赤い薔薇よ」

セーラの言葉に大きな歓声が上がる。

只の騎士や侍女が言ったのでは、こうはならないだろう。

清楚で可憐でありながらも、艶やかな美しさを持つラビトルアス族の侍女。そして、名高い黄金騎士団の副長でもある。

舞踏侍女と呼ばれる彼女でなければこうはいくまい。

セーラの構えは優雅で見事だ。それは目の前の男をダンスに誘うようでもあり、戦いに誘うようにも見える。

「つまりは、この薔薇の花びらを全て散らされた者が負けということか？」

レオンは、胸に真紅の薔薇をさしながらセーラに尋ねる。

「ええ、そういうことよ」

美しき侍女は静かに頷く。対峙する二人に会場は騒めいた。

「あれが、アルファリシアが誇る黄金騎士団の舞踏侍女……なんと美しい」

「銀の闘気に包まれたラビトルアス族の女は、特に美しいとは聞いていたが、あれが」

招待客の中には武芸に秀でた者もいる。アルフレッドなどその筆頭だろう。翼人の王子は笑みを浮かべる。

「ふっ、あれがラビトルアス族の『銀魔《ぎんま》闘気』か。一族でも、余程の才がある者しか纏えぬ闘気だとは聞いているが」

「うむ、強力な魔力と闘気で体を活性化して、超人のような力を得るとか」

ロザミアはそう言って頷くとセーラを眺めた。

黄金騎士団の兵士の数名が、嘲笑うかのようにレオンを見ている。

「哀れな、セーラ様があれを纏った時点で勝負は決まったも同然」

「シリウス団長もお人が悪い、最初から本気を出せなどと」

セーラは目の前の少年を見つめていた。

不思議な少年だ。剣を構えすらしない。

彼女の闘気は感じているはずだ。普通の剣士なら身構えるはずである。

「ふざけているの？　剣を構えなさい、すぐに勝負が終わってしまっては興ざめだわ」

「どうやらそちらはこの場を盛り上げたいらしいな。つまり、俺がオリビア殿下の護衛騎士として相応しい腕を見せれば解決するわけだ。ならば遠慮はいらん、いつでも来るがいい」

やれやれといった様子で肩をすくめるレオン。

「……生意気な坊やね」

美しい侍女から立ち上る殺気に、一転して会場は静まり返る。

緊張の中でこそ湧き上がる高揚感が、舞踏会場には満ちていた。

音楽隊が奏でる楽曲に合わせて、セーラはダンスを踊るがごとく優雅に動いていた。

ドレスの裾を翻《ひるがえ》し、華麗にステップを踏む。それはまるで目の前の少年を踊りに誘う妖精のようだ。

だが、その曲調が長調から短調に変調した、その刹那――

優雅な踊りは剣舞へと変わる。

凄まじい速さの突きがレオンの頬を掠めた。

その鮮やかな動き、軽やかなステップは美しい舞踏。そして剣の冴えは恐るべき武闘術だ。

武舞踏の名が相応しい、華麗で恐るべきその動きは、セーラの美貌に映える。

セーラは敢えて、レオンの胸の薔薇ではなく頬を狙った。

この武舞踏がすぐに決着してしまっては、シリウスの代わりに自分が名乗りを上げた意味がないからだ。

だが……

観客の目をくぎ付けにしたのは、レオンの方だ。

「馬鹿な！　いつ動いたのだ？」

「剣の柄に手さえかけていなかったぞ」

セーラの頬を掠めるように、レオンの突きが放たれていた。

寸分の狂いもないほどにセーラと対称的なその動き。息の合った二人の動きは、まるで示し合わせていたかのようだ。

大ホールの中央で、ダンスを踊るかのように対峙している二人の姿は、一流のダンスの踊り手でさえも見惚れるほどだろう。

だが、会場中が真に驚愕したのは次の瞬間だ。

レオンの胸の薔薇の花びらが、一枚ヒラヒラと舞踏会場の床に落ちていく。

一体どういうことなのか？　セーラが狙ったのはレオンの頬のはずだ。

ミネルバが感心したように言う。

「流石だな、あの突きは一段ではない」

「はい、ミネルバ様。胸部と頭部に向けた二段突き、この場でそれが見えたのは僅かな者だけでしょう」

観客たちもようやくそれに気が付いたのか、歓声が上がる。

「おお！　あの少年も凄まじい腕だと思ったが、やはり舞踏侍女殿が上手《うわて》だな」

「あの凄まじいスピードの中で、花びらを一枚のみ散らすとは！　なんと見事な腕なのだ」

「あの一瞬に、よくそんな真似を！」

黄金騎士団の面々も、勝利を確信した笑みを浮かべる。

「ほう、あの小僧も中々やるではないか」

「だがやはりセーラ様が数段上だ」

「あの薔薇の花びらが全て散らされるのも時間の問題。この武舞踏の勝負の行方も見えたな」

だが、シリウスは首を横に振った。

「勝負の行方が見えた？　どうやら、お前たちは本当に何も見えていなかったらしいな」

まさにその瞬間だ――

セーラの胸の真紅の薔薇、その花びらが一枚ヒラヒラと地面に落ちていく。

そして、それは静かに中央からスッパリと二枚に分かれた。

今までにない驚愕の声が、会場に満ちていく。

「な！　何!?」

「ま、まさか！　あの少年がやったのか!?」

「まるで、舞踏侍女殿がやったことと同じだ……」

「いや、それ以上の鮮やかさではないか！」

セーラは、レオンから距離を取ると、美しい胸をおさえる。

ミネルバは、それを見て笑みを浮かべた。

「まるで、本当に心臓を貫かれたような錯覚に陥っただろうね。それほどの突きだった」

セーラは胸を押さえた手をゆっくりと離す。その顔は屈辱に染まっていた。

(私がこんな錯覚を感じるなんて。一瞬、目の前の少年がまるで別人のように思えたわ。あの突きの鋭さ、見えていたのにかわせなかった。この子は一体何なの？)

銀色の闘気が輝きを増していく。

「花びら一枚だとしても、私の胸の薔薇を散らした男。もう坊やだとは思わないわ、こちらも本気でいかせてもらうわよ」

レオンを見つめるセーラの瞳に魔法陣が浮かび上がった。爆発するような魔力の奔流《ほんりゅう》が、セーラの銀魔闘気を増大させていく。

それを見つめるアルフレッドの眼光が鋭くなる。

「ほう、あの瞳。レオン、ここからがこの女の本当の怖さだぞ」

瞳に浮かび上がる魔法陣と、その体から溢れる銀魔闘気。それがセーラを揺らめかせている。

銀色の光を纏う精霊のような姿は、幻想的な美しさだ。

セーラは微笑みながらレオンを見つめる。

「我が一族の秘技、貴方に見切れるかしら？」

「試してみろ。言ったはずだぞ、遠慮はいらんとな」

「ふふ、本当に生意気だこと」

ドレス姿のセーラの動きは、相変わらず優雅で華麗だ。レオンの周りで、円を描くようにステップを踏む。しかし、ただのステップではない。

ロザミアが思わず叫ぶ。

「殿下、なんなのだあれは！　こ、これは幻覚か？　舞踏侍女殿の体が幾つも……」

「幻覚などではない。銀魔闘気、それを究《きわ》めた者のみが成せる、『夢幻《むげん》舞踏』と呼ばれる秘技と聞く」

レオンの周りで優雅に踊るセーラの姿は、もはや一人ではない。

二人、そして三人。これは幻影なのだろうか？

美しき舞踏侍女の姿は次々と増え、観客の近くで舞っている。

ロザミアは食い入るようにセーラを目で追う。

「確かに幻覚ではない！　どれも同じ気配を感じる」

「己の魔力と闘気で作り出した分身。こんな真似が出来るとはな、どれが本体なのか俺でも分からん」

観客は呆然と立ちすくみ、その後声を上げた。

「こ、これは一体！」

「……何という華麗さ、何という美しさだ」

「ええ、思わず見惚れてしまいますわ」

銀魔闘気に包まれて、美しく揺らめくセーラたち。

それは、会場の皆の目を惹きつけて離さない。

そして……

歌だ、歌が聞こえる。

セーラの口から紡がれる歌声だ。音楽隊が、その歌に魅せられるように伴奏を始めた。

ロザミアが声を漏らす。

「これは……」

その歌声が、セーラの銀魔闘気をさらに高めていくのが分かった。

ラビトルアス族の歌姫の声に、舞踏会の招待客たちは聞き惚れている。

まるで幻想的な歌劇のようだ。

輝きを増す舞踏侍女の姿に、アルフレッドの目が鋭さを増す。

「来るぞ、レオン！」

その瞬間、セーラの姿が招待客の目の前から消えた。

そして、直後に彼らは見た。レオンを取り囲む、幾多の舞姫の姿を。

気を高めるためのセーラの歌声が消え、勝利を確信した笑みがその艶やかな口元に浮かぶ。

「これで終わりよ！　夢幻舞踏奥義、百花繚乱《ひゃっかりょうらん》!!」

レオンを敗北に誘《いざな》う舞姫の姿は、その胸の薔薇よりも美しい。

彼女たちから鮮やかに放たれる無数の突きは、まさしく百花繚乱。咲き乱れる花のごとしだ。

瞬時にして、凄まじい剣戟《けんげき》を繰り広げるレオンとセーラ。無数のセーラに相対したからだろう、
それと同じ数のレオンの残像がその場に浮かぶ。

何というスピード、そして技の冴えか。それは超人たちの攻防だ。

彼らの姿に観客は声を上げる。

「おお!!」

「なんという！」

凄まじい攻防の中で、薔薇が散っていく。

「一体どちらの薔薇なのだ⁉」

「馬鹿な、聞くまでもあるまい」

セーラの鮮やかな突きをかわせる者などいるはずもない。

だが、観客たちは異変を感じ始めていた。

「お、おい！」

「見ろ！　どうなっているのだ」

「こ、この花びらは一体？」

舞っているのだ、無数の薔薇の花びらが。

淡い銀色の輝きを放つ真紅の花びら、それはセーラの胸の薔薇のものだ。

全てのラビトルアス族の侍女から、銀魔闘気を纏った薔薇の花びらが大ホールの中へ散っていく。

その美しさよ。

レオンは真紅の花びらが舞い散る中で、静かに口を開く。

「ラビトルアス族の戦士か、いい腕だ」

「レオンと言ったわね……まさかこれほどとは。シリウス団長が貴方に興味を持つのも頷けるわ」

周囲の花びらの嵐が次第に消えていく。

セーラの分身も次々と消え、その場に残っているのは互いに剣を喉元に突きつけ合う一組の男女だけだ。

互いの胸の薔薇は、花びらを一枚残して全て散っている。

黄金騎士団の騎士たちは思わず呻いた。

「ば、馬鹿な……」

「あの状況で、セーラ様の胸の薔薇を散らしたとでもいうのか!?」

「ど、どちらが勝ったのだ？　ま、まさか……」

「馬鹿を言うな！　百花繚乱をお使いになられたセーラ様が、敗北することなどあり得ぬわ！」

クラウスはシリウスに尋ねた。

「驚いたな。オリビアめ、あれほどの戦士を手に入れるとは。互いに残った花びらは一枚、どちらが勝ったのだ？　シリウス」

シリウスはそれには答えずに、静かに二人を眺めている。

そしてクルリと踵を返した。

「クラウス様、私はこれで失礼いたします。護衛ならば、セーラと他の副長たちがおりますゆえ。あの戦いを見て、不心得を抱く命知らずもおりますまい」

会場の要所には騎士が目を光らせている。

それにオリビアの傍にはミネルバやレイア、それにレオンもいる。十分すぎるほどの警備だろう。

有無を言わせぬその雰囲気に、クラウスは肩をすくめた。

「好きにせよ。だが、もう良いのか？　あの男に興味を持っていたようだが」

「セーラの見事な舞踏の後に、流血の戦いは無粋《ぶすい》。私とあの男が戦えば、必ずそうなると悟りましたゆえに」

「ほう……あれは、お前が手加減が出来ぬほどの男か？」

クラウスは驚きを隠せない。

「お前の好きにせよ、シリウス」

クラウスに一礼をして、シリウスは立ち去る。

その瞬間――

大歓声がホールを包んだ。最後の一枚の花びらが、二人の間に舞い落ちていく。

「おぉおおおお！」

「見事！」

「勝ったのは、オリビア殿下の護衛騎士殿の方だ！」

舞踏会の会場は最高潮に盛り上がり、喝采《かっさい》が起きている。

勝者のレオンへの盛大な拍手が湧き起こる。

次いで、それに劣らぬほどの賛辞が、見事な技を披露した美しい舞踏侍女に送られた。

「二人とも見事だ！　後程褒美をつかわそう」

大いに沸き返る舞踏会場に、主催者であるクラウスは二人への褒美を約束した。

セーラはレオンに歩み寄る。そして、一度悔し気に唇を噛み締めた後、艶やかな笑みを浮かべた。長くたおやかな腕をレオンの前にそっと差し出す。

「踊っていただけるかしら？　シリウス団長以外で、私の胸の薔薇を全て散らした男は貴方が初めてよ。今宵《こよい》は華やかな舞踏会、剣の腕を競うだけではあまりにも無粋というものでしょう？」

「へえ、あんたの所の団長は大した腕だな。黄金の騎士シリウスといったか」

「ふふ、貴方とどちらが強いのかしら？　正直、私も興味はあるわ。それに、この勝負も私が負けたわけではないわよ」

大ホールの中央に立つ二人に、皆の注目が集まっていた。ラビトルアス族の長い耳が、セーラの艶やかな優雅さの中に可憐さを加えている。

音楽隊が曲を奏で始める。

「なるほどな、あんたの本当の目論見《もくろみ》は成功したわけだ」

苦笑しながらそう答えたレオンの手にセーラは触れる。

「ええ、お蔭様で舞踏会はこれ以上ないほどに盛況だもの」

二人はまるで円を描くように踊り始める。会場に集まった人々から溜め息が漏れた。

「まあ、なんて素敵なのでしょう！」

「冒険者だと聞きましたが、とてもそうは思えませんわ！」

「ふふ、良いではありませんか、もうそんなこと。あれほどの腕を持つ殿方なら、きっとこれからご出世をなさるに違いないわ」

「そうですわね。お近づきになるなら今ですわ」

華麗な妖精のようなセーラと、力強く彼女をリードするレオン。ラビトルアス族の侍女はレオンの耳元で囁く。

「オリビア様は、どのような条件で貴方を繋ぎとめているのかしら？　私ならクラウス様に願い出て、もっといい条件を貴方に出すことが出来るわ」

「面白い申し出だな。だが、もし俺が簡単に王女を裏切るような男なら、王太子の傍になど置けまい？」

それを聞いてセーラは楽し気に笑う。

「ふふ、そうね。もし簡単に飛びつく男なら最初からお断りだけど、貴方のことは気に入ったわ。気が変わったら、いつでも私の部屋に来て頂戴」

そう言ってセーラは優雅に踊りながら、自分の指に嵌めた指輪を外すとレオンの指に嵌めた。

そしてそっと囁く。

「この指輪は私からの招待状。これがあればたとえ冒険者である貴方が、私に会いたいと城を訪れたとしても王宮の者は貴方を咎《とが》めることが出来ないわ」

艶やかな美しさを湛えたその微笑み。男であれば、この女からの誘いを断ることなどあり得ないだろう。まるで魅入られたかのように彼女のもとを訪れるに違いない。

セーラ自身もそれをよく分かっている。

（この男は使えるわ。出来ればオリビア殿下から奪っておきたい）

セーラはレオンに微笑みながらそう思っていた。

聡明な王女は、クラウスにとっては王位継承争いの最大のライバルなのだから。

「悪いが断る。その指輪を受け取るつもりはない」

「え？」

気が付くと、先程の指輪はセーラの指に戻っていた。たった今渡したのがまるで幻だったかのように。

今までこの指輪を渡して断られたことなどない。それが彼女を動揺させた。

「セーラ、お前の剣は素晴らしかった。つまらぬ作り笑いで男を誘うよりも、先程のお前の姿の方が俺にとってよほど魅力的だったがな」

レオンの言葉に、セーラは思わず頬を染めた。

先刻の戦いの中で一瞬感じたように、目の前の少年が別人のように思えたからだ。

雄々しく自分をリードする姿は、セーラが知るどの男とも違って見える。

（どうかしているわ、この私が胸の高鳴りを感じているとでも言うの？　私はクラウス様を立派な国王にするのが務め。そのために男の心を奪うことはあっても、奪われることはないわ）

その瞬間、優雅だがどこか無機質だった舞踏侍女の踊りに変化が生じる。

暫くすると観客もそれに気が付き、女性客たちが騒めく。

「セーラ様のあの表情……」

「ええ、先程までとは違いますわ」

「なんてお美しいの」

技巧の極致から、感情豊かなダンスへ。

踊りの中でレオンの腕に抱かれると、セーラの唇から漏れる吐息。それは舞踏侍女でもなく、クラウスの側近としての表情でもない。

ただ一人の女性としてこの一時を楽しんでいるように見える。

音楽隊の楽曲がクライマックスを迎え、一際二人は優雅に、かつ激しく踊る。

そして音楽が鳴りやんだ時、セーラはレオンの腕の中にその体を預けていた。

少し潤んだ目でレオンを見る。普段のセーラならあり得ないことだ。

万雷《ばんらい》の拍手がホールに鳴り響く。

「お二人とも、見事でしたわ！」

「ああ、何と素晴らしいダンスだ！」

「護衛騎士殿も、舞踏侍女殿も素晴らしい！」

「流石はクラウス殿下の舞踏会だ！」

セーラはレオンを睨むと言った。

「……憎らしい男」

「はは、どうやら嫌われたようだな」

そう言って肩をすくめるレオンに、セーラは再び指輪を渡す。

先程のものとは違う指輪だ。赤いルビーが嵌められていて美しい。

熟練の職人の手によって作られたものだということが、一目で分かる。

「受け取るつもりはないと言ったはずだぞ？」

「もう貴方をオリビア様から奪うつもりはないわ。でも、女に恥をかかせるものではなくてよ。それはいつでも私の部屋への扉が開いているという証。要らないというのならその宝玉を砕いて捨てて頂戴」

そう言ってセーラはくるりと背を向け、クラウスのもとに戻っていく。

「やれやれだな、どうしたものか」

レオンはふぅと溜め息をつくと、その指輪をポケットへとしまう。

そして、オリビアたちのもとに戻った。

ロザミアが頬を膨らませている。

「むう、主殿！　見たぞ、あの女から指輪など受け取ったりして、何なのだそれは」

「まあ色々あってな」

そんなロザミアを見て、アルフレッドは笑う。

「ヤキモチか？　ロザミア。ふふ、剣と食べ物にしか興味がないと思っていたお前が、いつの間にか成長したものだ」

「殿下！」

ロザミアはそう言うと、もじもじしながらレオンを見つめる。

「わ、私も主殿と踊りたい……駄目だろうか？」

「別に構わないぞ。よろしいでしょうかオリビア殿下？」

護衛騎士として聞くレオンに、オリビアは少し考えた後、頷いた。

「そうね、でもその前にあれを何とかしないとね。中には特別な招待客もいるし、レオンには悪いけど相手をしてもらうしかなさそうね」

いつの間にか、レオンを取り囲むようにして人だかりが出来ている。各国の王族や高位貴族の令嬢たちだ。ミネルバが溜め息をつく。

「まったく、何だいあの女たちの群れは。私だって坊やと踊りたいのにさ」

「ミネルバ様、何か仰りましたか？」

レイアの言葉に、ミネルバは真っ赤になって首を横に振った。

「べ、別に！　わ、私はレオンと踊りたいなんてこれっぽっちも思ってないさ！」

「こほん……そんなに踊りたいんですね、ミネルバ様」

「だ、だって私だって目一杯、お洒落《しゃれ》をしてきたんだ」

少し涙目になる美貌の女将軍は可愛らしい。

レナも小さな胸を張ってレオンに言う。

「私も踊るわ！　レオンと約束したもの。ねえ、ティアナお姉ちゃんも踊るでしょ？」

「え？　わ、私は踊れないし」

「大丈夫よ、レオンが教えてくれるもの！　そうでしょ？　レオン」

嬉しそうにリボンを触るレナ。

レオンは笑いながら、レナの小さな鼻をつつくと答えた。

「もちろんだ。レナとは約束してたからな、まず最初にうちの小さなお姫様に相手をしてもらうとするか」

オリビアはそれを聞いて微笑んだ。

「ふふ、そうね。それなら恨みっこなしだわ」

「ほんとに⁉」

膝をついて恭しく自分に礼をするレオンを見て、レナは少し頬を染めると、その手を取って目を輝かせて踊り始める。

「リーアも踊るです！」

「ふみゅ、ミーアもです」

リーアやミーアもそれに加わった。

小さな少女たちと踊るレオンの姿に会場は和み、たどたどしいそのダンスに大いに盛り上がる。

そんな子供たちの姿を見て、ティアナは幸せそうに微笑んだ。

キールが口を尖らせると独り言《ご》つ。

「ちぇ！　俺は誰と踊ればいいんだよ」

「ふむ、確かにそうだな。私で良ければ一緒に踊ってやろうか？」

レイアの言葉にキールは思わず赤面した。

「へ？　レイア姉ちゃんが？」

「私では嫌か？」

「そ、そんなことないけどさ。でもレイア姉ちゃん凄く綺麗だし、俺じゃあ似合わないかなって」

レイアは首を傾げるとキールの手を取る。

「子供が何を格好つけている。さあ、行くぞキール！」

「ちょ！　ちょっと待ってくれよ、俺にだって心の準備ってもんがさ！　ほんとは俺、踊れないんだってば！」

「意気地《いくじ》のないことを言うな、私が教えてやる。見てみろ、リーアやミーアだって踊っているではないか」

そんな二人の姿を見て、皆顔を見合わせると笑った。

慣れない足取りのキールを、男性のようにリードするレイア。

男装の麗人のようなその姿を見て、令嬢たちがはしゃぐ。

「まあ、銀竜騎士団のレイア様よ！」

「素敵！」

「普段はお厳しいお方だと聞きましたが、子供たちとあんなに楽しそうに」

彼女たちは、今度はミネルバに目を向ける。

「それに見て！　公爵令嬢でいらっしゃるミネルバ様のお美しいこと」

「ええ、ドレス姿は初めて拝見しましたわ。いつもは凛々しい騎士姿でいらっしゃるのに」

「聖王家の血を色濃く継がれるオリビア様とミネルバ様に、各国の殿方の視線が集まっていますわ」

確かに艶やかな王女のオリビアと、美貌の女将軍の珍しいドレス姿は注目の的だ。

オリビアはそれを聞いてクスクスと笑う。

「貴方がドレス姿で舞踏会に出たりするからよ。私の護衛というよりは舞踏会の華ですもの」

「彼らの視線などに興味はありません。どうせレオナールのように、自分の地位を高めるためにアルファァリシア王家の血を引く私を妻に欲しいだけ。虚栄心に満ちたつまらぬ男ばかりですから」

先程のレオナールの野心に満ちた眼差しを、ミネルバは思い出す。

レオナールだけではない。アルファァリシア王家の血を引く彼女を妻にしたいと願う諸外国の王族は多い。

そうなればアルファリシアとの関係は盤石《ばんじゃく》だ。

公爵家の令嬢であり、アルファリシアの三大将軍の一人と呼ばれているミネルバは、国民の間でオリビアと並ぶほどの人気を誇っている。

その美貌ゆえに『王家の二つの宝玉』と呼ばれるほどだ。

オリビアも輝くような髪を靡かせて頷いた。

「確かにね、欲しいのは王女や公爵令嬢である私や貴方だもの。でも……」

そう言って王女は、子供たちやティアナと踊るレオンを眺める。

「彼は私たちの肩書なんて全く気にも留めていない。彼らと一緒に入ったお風呂は楽しかったわ。久しぶりに自分の身分を忘れることが出来たもの」

「私も彼らと一緒に夕食をとった時は楽しかった」

ふと、あの小さな教会を訪れた晩を思い出すミネルバ。思わず笑みを浮かべてしまう。

オリビアは首を傾げて問い返す。

「そういえばそんなことを言っていたわね。楽しそうな顔して、そこで何かあったの？」

「え!?　ど、どうでもいいではありませんか、そんなことは」

レオンに抱きかかえられて馬車に乗せられた自分を思い出して、思わず頬を染める公爵家の令嬢。

そんな二人に王太子のクラウスと、侍女のセーラが歩み寄る。

「エルフの姫は、すっかりあの男に取られてしまったな」

レオンやロザミアと一緒に、子供たちと踊るティアナをクラウスは眺める。

その姿は可憐な妖精のようで、皆の視線を集めていた。

オリビアが苦笑しながら答える。

「お兄様、いい加減にしてくださいませ。彼女は私の客人です、それにレオンと同じ冒険者ですわ。エルフの姫などではありません」

「ほう、彼女も冒険者か？　それにしては不思議な気品を持っている。とても只の冒険者とは思えんな」

まだティアナへの興味が薄れていない様子の兄を見て、オリビアは溜め息をつく。

（お兄様ったら。本当に相変わらずなんだから、彼女に手を出したらレオンが黙っていないわ。厄介なことにならなければいいけど）

一方でミネルバは、セーラを睨む。

「セーラ、さっきの指輪は何の真似だ？　言っておくが、レオンはつまらない小細工が通じる男じゃないよ」

その言葉にセーラは嫣然《えんぜん》と微笑み返す。

「ふふ、普段は殿方など歯牙《しが》にもかけぬミネルバ様がそれほどまで仰るとは。もしかすると、その艶やかなドレスは彼のためにお召しになられたのですか？」

「な！　そ、そんなわけないだろう！　私だってドレスぐらい着ることはあるさ、か、勘違いしないことだね!!」

セーラの反撃に真っ赤になるミネルバを見て、オリビアは呆れる。

(ミネルバったら、レオンのことになるとほんとに分かりやすいんだから)

普段は銀竜騎士団の有能な団長であり、この国の英雄の一人。戦女神のような凛とした彼女が、乙女のように頬を染めるようなことなど考えられない。

セーラはミネルバのその表情を観察しながら、子供たちと踊るレオンを眺める。

(本当に不思議な男。ミネルバ様にこんな表情をさせる男なんて、今までにはいなかったわ。本当に只の冒険者？　いいえそんなことあり得ない、一体彼は何者なの？)

彼女はオリビアたちに探りを入れる。

「お二人は、彼をどこで見つけたのです？　冒険者だと聞きましたが、あれほどの男がいれば名が知れているはず。レオンというのは彼の本当の名ですか？」

それに対してオリビアは、何も知らぬ風を装って答える。

「ええ、私はそう聞いているわ。彼はミネルバからの推薦よ、それに冒険者ギルドの長ジェフリーからもお墨付きを貰っています」

それを聞いてクラウスは頷いた。

「ほう、ギルド長のジェフリーからもか？」

ミネルバはクラウスに頭を下げる。

「はい、ジェフリーと私は旧知の仲。どうかご安心を」

「オリビアやミネルバもこう言っている。これ以上詮索をする必要はあるまい、セーラ」

「ですが、クラウス様」

珍しく食い下がるセーラを見て、クラウスは笑う。

「どうしたセーラ。お前の方こそ珍しいではないか、それほどあの男に執着するとは」

「なっ！　わ、私は執着などしていませんわ」

そう言いながら、セーラはクラウスを少し睨む。

美しいその瞳と長い耳が少しだけ揺れる。彼女は動揺を掻き消すように軽く咳払いをすると、オリビアたちに申し出る。

「とにかく、先程の一件で彼には褒美が授けられます。舞踏会が終わったら、オリビア様やミネルバ様も一緒に、クラウス様のお部屋に来ていただけますか？」

セーラの申し出に、オリビアとミネルバは顔を見合わせると頷いた。

そして、オリビアは少し考え込むと口を開く。

「ちょうどいいわお兄様。レオンも交えてお兄様とお話をしたいことがあるのです」

「あの男も交えて？　一体何なのだオリビア」

不思議そうに首を傾げるクラウスにオリビアは頷いた。

「それは後程。この場で話せるようなことではありません。お父様の安全にも関わる話ですから」

7　王太子との会談

「美味しいです！」

「この白いふわふわ、すっごく甘いです！」

可愛い猫耳を震わせて、リーアとミーアは興奮気味にそう言った。その口の端には白い生クリームがついている。

レオンは二人の頭を撫でた。

「良かったなリーア、ミーア」

「「はいです！」」

にっこりと微笑む双子の姉妹は愛らしい。嬉しそうにその尻尾が動く。

彼女たちが慣れないフォークで食べているのは、ふわふわのスポンジ生地と生クリームを使ったショートケーキだ。その上には赤い苺が載っている。

初めて見るケーキにリーアたちはすっかり夢中だった。

ここは王太子であるクラウスの応接室だ。

とてもゆったりとしていて広く、テーブルやソファー以外にも見事な絵画や調度品が並んでいる。

レオンたちをここに招いた後、セーラは侍女たちに夕食を運ばせた。

クラウスがそのように命じたからだ。

「舞踏会場にも軽食を用意していたが、そなたたちはまだ口にしていない様子だったからな。難しい話は夕食の後にするとしよう」

王太子のその一声で夕食が始まって、そんな中、侍女たちが運んできたデザートのケーキに子供たちが喜んでいるというわけだ。

ケーキ自体はもう半分は食べ終わっているのだが、二人とも真っ赤な苺は大切に食べずにいる。

大きな瞳でそれを見つめながら顔を見合わせて、また嬉しそうに笑う二人。

「おっきな苺です！」

「美味しそうです！」

その様子に、そこに居る者たちも和んでいく。

レナが二人の口元を見て、テーブルに置かれたナフキンで拭いてあげた。

「リーアもミーアも、お口にクリームがついてるわ。ここはお城なのよ？　はしたない」

「はう！」

「ごめんなさいです！　レナお姉ちゃん」

レナに口元を綺麗にしてもらう二人。

お姉さんぶって澄ました顔をするレナは、自分もパクリとケーキを食べて頬を赤くする。

二人があんまり美味しそうに食べるので、食後まで我慢出来なくなったのだろう。

「美味しい！」

そう言うと、レナも夢中でもう一口食べる。

レオンは笑いながら、レナの鼻の頭をナフキンで拭いた。

「お前も鼻の頭にクリームがついてるぞ、レナ」

「え!?　……だってレオン、とっても美味しかったんだもん」

可愛らしく上目遣いでレオンを見る、ハーフエルフの少女。

バツが悪そうにクリームを拭いてもらっているレナを見て、キールが笑う。

「へへ、レナ、お前も子供だな！」

「うっさいわね！　馬鹿キール！」

そう言っているキールも、ほっぺたにクリームをつけている。

ティアナは、恥ずかしそうに頬を染めながら注意した。

「もう！　みんな、ここはお家じゃないのよ？」

そう言いながらも、楽しそうにしている子供たちを見て、幸せな気持ちになっていた。

(これもレオンさんのお蔭だわ。ダンスなんてしたことなかったけど、舞踏会に行って本当に良かった)

ティアナはそう思いながら、レオンを見つめて微笑んだ。

そして、クラウスにぺこりと頭を下げる。

「すっかりご馳走《ちそう》になってしまって、ありがとうございます王太子様。みんなとっても喜んでます！」

「はは、そう畏まらずともいい、ティアナ。この子供たちも舞踏会を盛り上げるのに一役買ってくれた。その礼だと思えば良い。そうだな？　セーラ」

「はい、殿下」

セーラはそう返事をした後、子供たちを眺める。

そして隣に座るレイアにそっと尋ねる。

「あのティアナという少女、孤児院で子供たちの面倒を見ていると聞いたけれど。レオンとはどういう関係なのかしら？　ずいぶん子供たちが彼に懐いているようだけど」

「どんな関係？　どうしてそんなことが気にかかる。お前にしては珍しいな、セーラ」

黄金騎士団の副長と銀竜騎士団の副長、その立場から時には腹の探り合いをするが、王族に仕える者として連絡を取り合う仲だ。

「き、気になどしていないわ。ただ、あれほどの腕の持ち主が、どうして孤児院にいるのか興味があるだけよ」

レイアは、レオンと嬉しそうに話すティアナや子供たちに視線を送りながら答える。

「さて、私もそこまで詳しいことは知らぬ。だが、レオンを見ていると父上を思い出す。強く、そしていつも子供たちの笑顔に囲まれている、優しいお方だった」

父親の姿を思い出しているのか、レオンを見つめてレイアは目を細める。

それを見てセーラは悪戯っぽく笑う。

「あら、彼のことが気になっているのは貴方じゃなくて、レイア？」

「な！　私はただレオンが父上に似ていると言っただけだ！」

レイアが頬を染めて思わず立ち上がり、皆の注目が集まる。

「どうしたレイア、急に大きな声を出して？」

レオンにそう尋ねられて慌てるレイア。

「な、なんでもない！」

レオンを一瞬ジッと眺めた後、なぜかプイッとソッポを向く。

キールが肩をすくめる。

「行儀悪いぜ、レイア姉ちゃん」

「なっ！　キール、お前まで」

レイアの様子を見て、皆は顔を見合わせると笑った。

そんな中、散々夕食をおかわりした後、ケーキも大きな口を開けてペロリと平らげてしまったロザミアが、もぐもぐと頬を膨らませながらレオンに尋ねる。

「何かあったのか？　主殿」

「……いや、何でもない。気にするなロザミア」

すっかり食べ物に夢中のロザミアに、ふぅと溜め息をつくレオン。

一緒に招かれたアルフレッドが堪え切れずに笑う。

「ははは、やはりお前は相変わらず子供のままだな、ロザミィ！」

「むぅ！　殿下、私は大人になったと言っているだろう？」

最後に残した苺を、嬉しそうにぱくりと食べるロザミアと子供たち。

それを見て、セーラがオリビアに提案する。

「オリビア様、そろそろお話を聞かせていただきたく存じます。陛下の安全にも関わるという話、我らも聞いておく必要があると思いますので」

「気が早いのね、セーラ。子供たちの前でする話じゃないわ」

「ご安心を。奥の殿下の執務室で、お話をお伺い出来ればと」

セーラの提案にオリビアは頷くと席を立つ。

「分かったわ。レオン、少しいいかしら？」

「畏まりました王女殿下」

その言葉にオリビアは苦笑する。

（もう、レオンたら。確かに今は私の護衛騎士だけれど、そこまで畏まってるふりをしなくても）

レオンたちの前では身分を気にすることなく接することが出来るのが、本当は気に入っているのだ。

「どうかいたしましたか？　姫」

「こほん、別に何でもありません、レオン」

まるで護衛騎士を演じることを楽しんでいるようなレオンを、軽く睨むオリビア。

(何が『姫』よ。いつもはそんな呼び方しないくせに)

気にした素振りもないレオンに、ミネルバは声を潜めて笑うと言う。

「銀竜騎士団の団長として、私も同席しましょう」

セーラは頷く。

「そうしていただけますと助かります、ミネルバ様。それではこちらへ、他の皆様はどうか食後のお茶をお楽しみください」

席を立つレオンとオリビア、そしてミネルバが後に続く。

その時、扉の外から慌てたように侍女の一人が部屋に入ってくる。

「あ、あのセーラ様。実は部屋の外にお客様が」

セーラはその侍女を窘めた。

「どうしたのです？　今はオリビア様と大切なお客様がいらしている最中。誰も通すなと言っておいたはず」

「はいセーラ様……ですが」

侍女から話を聞くと、セーラはクラウスの判断を仰ぐ。

「どういたしますか殿下？　後程出直すように申しましょうか、まったくどこから嗅ぎつけたのか」

「ふむ、面倒な相手だが、そういうことであれば連中も引くまい。構わぬ、通せ」

クラウスの命をセーラが侍女に伝えると同時に、部屋の扉は大きく開かれた。

部屋に入ってきたのは、赤い制服を着た魔導士風の男たち三人だ。どの男たちも身分が高いのが、身に着けた衣装や立ち居振る舞いから分かる。

年齢は皆二十代、高位貴族かその子息たちだろう。

「クラウス殿下、オリビア殿下、ご機嫌麗《うるわ》しく」

特に身分が高そうな中央に立つ男は、クラウスとオリビアに頭を下げながらも、傍にいるレオンや子供たちを見て、不快そうに顔を歪めた。

「まさかと思いお伺いしてみれば。王太子殿下ともあろうお方が、このような下賤な者どもと一緒に食卓をお囲みになるとは！」

それを聞いてセーラが男たちの前に進み出る。

「黄金騎士団の副長である私が許可をしたのです。アルヴィン様、このことは貴方のお父君はご存知なのですか？　父君のオルドヴェイン上級伯爵も舞踏会へいらしていたはずですが」

「くっ……ルクトファイド家の女狐《めぎつね》め。父上は関係なかろう！」

クラウスは赤い制服を着た魔導士に言う。

「無粋な真似をする。アルヴィン、それで近衛《このえ》精霊騎士団が何用だ？」

「国王陛下や王太子殿下の護衛は、黄金騎士団だけではなく我らの任務でもあります。団長であるこの私に一言もなく、殿下の部屋にこの男を招いたその女狐を許すわけには参りません！」

それを聞いて、アルフレッドがアルヴィンに目を向けた。

「ほう、近衛精霊騎士団か。黄金騎士団と共に、アルファリシア国王と王太子の身辺を警護する任を授かったと聞くが……」

ミネルバはアルフレッドの言葉に頷くと、近衛精霊騎士団の男たちを眺める。

「下らん連中だよ。親の七光りで魔導を習い、その修練不足を高価な魔道具で補う。精霊騎士団なんど呼ばれているが、連中が精霊を喚《よ》び出せるのは、精霊を封じた指輪や腕輪、親の金で買いあさった魔道具のお蔭だからね。高位貴族たちが子息を陛下や殿下の傍に置くための、名目上の騎士団さ」

美しい公爵令嬢は肩をすくめると続けた。

「その強さは自分たちの力じゃない、金で買った精霊の力だ。そのくせプライドだけは高い。舞踏会で王太子殿下がレオンたちを気に入ったのが面白くないんだろうね」

クラウスは、アルヴィンに言った。

「舞踏会に来ていたのであれば、お前たちも見たであろう？　レオンの剣の腕は本物だ。オリビアとも話をし、慰霊祭での父上の警護の一部をこの男に任せようと思っている」

その言葉にオリビアは驚いたように目を見開く。

「お兄様！」

「どうしたオリビア。そのための相談なのだろう？　わざわざこの時期に、お前がレオンを私の前に連れてきた理由などそれぐらいしかないからな」

楽し気に笑う兄の顔を見て、オリビアは苦笑した。

「お兄様には敵いませんわ。ええ、そのためのご相談をさせていただくつもりでした。都での慰霊祭の当日、彼には黄金騎士団や銀竜騎士団と共に、父上の警護に加わってもらうつもりですわ」

クラウスとオリビアの言葉に、アルヴィンたち近衛精霊騎士団の面々は、驚きと怒りが入り混じった目でレオンを睨む。

「ば、馬鹿な!!　尊い国王陛下の御身をこのような下賤の輩《やから》に！　あり得ませぬ!!」

「アルヴィン様の仰る通り！　これもそこの女狐の計略か！」

「おのれ、殿下に取り入り、好き放題しおって！」

元々、ルクトファイド家とオルドヴェイン家は対立している。

普段の怨念《おんねん》も込められている眼差しに、セーラは肩をすくめた。

「本当に下らない男たち。本物を見極める目すら曇っているのだから」

「な、何だと貴様!!」

「なら貴方自身で戦ってみるのね、アルヴィン。レオンの前では、貴方は瞬きするほどの時すら持ちはしないわ」

「ぐっ！　おのれ、よくも……なら、試させてもらおう。俺が持っている魔道具、お前が知る物だけだと思うなよ」

アルヴィンはそう言ってセーラを睨むと、クラウスに申し出る。

「このような恥辱、誇り高いオルドヴェイン家の嫡男《ちゃくなん》として聞き流すことは出来ませぬ。そこにいる男と私が戦い、もしその男が敗れたのであれば、どうかその女狐めをお傍から遠ざけていただきたく存じます！」

クラウスはセーラを眺める。

（セーラめ、珍しいな。むきになって言い返すとはらしくない。これもこの男のせいか？）

王太子はレオンに命じる。

「いいだろう、アルヴィン。レオン、やってみせよ。父上の護衛任務を任せるのであれば、魔法への対処も必要であろう。その力があるか知っておきたい。魔法の心得もあるのだろうな？」

「ええ、多少は」

そう答えるレオンに、クラウスは少し悪戯っぽく笑う。

「ふふ、そうか。ならば剣を使うことは許さぬ、魔法での戦いでその力を証明してみせよ」

「お兄様！」

予想外の提案にオリビアが声を上げる。

だが、クラウスはそれを制した。

「オリビア、お前の話を聞くよりも実際に戦う姿を見た方が早い。本当に父上の護衛を任せるに値《あたい》する男なのかをな」

それを聞いてアルヴィンは不敵に笑った。

「殿下、それでは勝負になりますまい。我らは一流の魔導士、しかも精霊を使役するほどの存在。その我ら相手に、このような下賤の者が魔法で戦うなどと。高位魔法など習ったこともありますまい」

傍に立つ二人の男も嘲りの声を上げた。

「見た目だけ着飾っても身の程が知れる。そのガキどもの薄汚い様子を見ればな。王宮での食事のマナーすら知らぬらしい。ははは、所詮は冒険者風情よ」

「いや、このガキどもは孤児と聞いたぞ。どうせまともな食事も食べたことがないのだろう！」

それを聞いてレナとキールが立ち上がって叫ぶ。

「何よ！　ティアナお姉ちゃんが作ってくれるお料理はとっても美味しいんだから！　王宮の料理にだって負けないいんだから!!」

「ああ、レナの言う通りだ!!」

相手は身分の高い貴族だと分かっている。

しかし、大好きな姉が作ってくれる料理を侮辱されたのが悔しかった。

「あう……」

「リーアのせいです」

ミーアとリーアは大きな瞳に涙を浮かべる。

小さな二人の服にはソースが少し跳ねてしまっている。

だが、慣れないマナーに戸惑いながらも一生懸命食べたのだ。レオンが買ってくれた綺麗な洋服が嬉しくて、二人は幼いなりに大切にしようと思って。

それでも汚れてしまった服を見つめながら、二人の瞳からポロリと涙が零れた。

レオンは二人の涙を指先で拭くと、ゆっくりと立ち上がる。

何も言わずに応接室の外にある庭に続く扉を開け、その中央へと歩いていく。

アルヴィンが叫んだ。

「き、貴様！　どこに行く、逃げるつもりか⁉」

背中を向けたままレオンは答えた。

「来いよ、そこは狭すぎる。お前たちに本当の魔導を教えてやろう」

静かだがよく響く声だ。セーラは視線の先の少年の雰囲気が、まるで別人に変わっていくのを感じた。

ミネルバが呟く。

「馬鹿な連中だ。わざわざ、獅子を怒らせるとは」

庭に出て振り返るレオンを見て、アルヴィンたちは怒声を上げて後を追った。

そして、三人でレオンを取り囲むとそれぞれの魔道具を構える。

「本当の魔導だと！　大口を叩きおって!!」

「ふざけやがって!!」

「覚悟しやがれ、手加減などしてやらんぞ!!」

それぞれの魔道具が反応し、精霊が喚び出される。三人の表情は、すでに勝ち誇った傲慢さに満ちていた。だが、彼らの精霊は全て、周囲に湧き起こった強烈な風の中に掻き消えていった。

「な！　ば、馬鹿な!!」

「俺たちの精霊が！」

「消えていくだと!!」

その風の中に現れた存在を見上げて、三人は尻もちをつく。

そこにいるのは風を纏う大きな白い狼だ。

ロザミアが思わず声を上げる。

「まさか、シルフィか？　だがその姿……」

風を纏う白い狼は、どこかシルフィの面影《おもかげ》を残した美しい横顔で答える。

「この姿になるのは久しぶりだけど、私がやらないとフレアがこいつらを焼き尽くしてしまいそうだもの。この子たちはもう家族だわ、私は家族を侮辱する奴らを許さない！」

美しい狼は、ふわりと地上に舞い降りると笑みを浮かべた。

「ふふ、馬鹿ね貴方たち。本物の精霊使い相手に、そんなオモチャなんて何の役にも立たないわ」

レオンの体から立ち上る凄まじい魔力。それが渦を巻いて、美しい白い狼に力を与えているのが分かる。

アルヴィンは怒りに目を血走らせた。

「本物の精霊使いだと！　ふざけるな！　俺の精霊をよくも、どんなまやかしを使いやがった!?」

レオンは静かにアルヴィンを見つめる。

「まやかしに見えるのか？　それならばお前は、まだ本当の魔導の入り口にさえ立ってはいない」

「お、おのれぇ、誰にそんな口を叩いている？　よくもこの俺を、近衛精霊騎士団の栄誉ある団長たるこのアルヴィン様を!!」

アルヴィンはそう言うと、甲高い声で笑った。

赤い魔導士の服、その袖の中に隠していた腕輪に魔力を込めるアルヴィン。

それは強い輝きを放っていく。

「くく、くははは！　貴様が悪いのだ、俺を本気で怒らせた貴様が!!」

我慢ならなくなったセーラが席を立ち、アルヴィンに向かって叫んだ。

「いい加減にしなさいアルヴィン！　素直に負けを認めることさえ出来ないの!?」

「黙れセーラ！　魔術を極めたこの俺が、冒険者風情のこんな下賤の輩に敗れるはずがないのだ!!」

アルヴィンのその言葉と同時に、彼の目の前の地面がまるで生き物のように揺れ動く。

「くはは！　言ったはずだぞ、俺はお前が知らぬ魔道具も持っているとな!!」

近衛精霊騎士団の団員たちが、それを見て歓声を上げた。

「おお！　地の高位精霊たるアースゴーレムが!!」

「下賤の者め！　大地の怒りに触れるが良い!!」

レオンの前に立ち塞がる、岩で出来た巨人。巨大な岩の拳が振り下ろされれば、その場にいる者はすりつぶされるだろう。

アルヴィンは勝ち誇ったように笑う。

「見たか、この俺の力を！　貴様だけは許さん、下賤の分際でこの俺様を侮辱した貴様だけはな!!」

「御託《ごたく》はもういい。やってみろ」

動じないレオンに苛立ち、アルヴィンは叫ぶ。

「愚か者めが、いきがりおって！　死ねぇえええいい!!」

岩の巨人の腕が振り下ろされる。

それがレオンの体を押しつぶすかと思われた、その時——

勝ち誇っていたアルヴィンの目が見開かれていく。

彼の目は怯えたように空を見上げた。

「馬鹿な……そんな馬鹿な」

巨人の腕を掴んでいるのは、さらに大きな岩の巨人だ。その巨人はアースゴーレムの腕を握りつぶす。

砕け散る岩の腕。それが地面に落ちて地響きを立てる。

パリン！

同時にアルヴィンの右手の腕輪が、音を立てて砕け散った。

手下たちは、アルヴィンの巨人を倒した大地の精霊を見上げる。

「ひっ！」

「そ、そんな!!」

アルヴィンの巨人は砂の粒となって地面に砕けていった。

レオンはその砂の上をアルヴィンの方へ歩いていく。

腰を抜かして尻もちをつき、そのまま後ずさる男たち。

「ひっ！　ひぃいい!!」

「アースゴーレムだと？　お前が喚び出したのは、どこかの魔導士が作り出した只の岩人形だ。本物の高位精霊はお前などには喚び出せはしない」

白い風の狼は巨大な岩の巨人の隣で笑う。

「ふふ、紛《まが》い物を売りつけられたわね。言ったはずよ、本物の精霊使いの前では、貴方が使えるようなオモチャは役に立たないってね。どうする？　私の牙にかかるか、それとも本物のアースゴーレムにペシャンコにされるか。さあ、選びなさい」

そう言って牙を剥くと、男たちに飛び掛かる白い狼。巨大な岩の巨人も、アルヴィンたちに向かって腕を振り上げる。

「ひっ！　ひぃい！　堪忍してくれ!!」

「悪かった！　俺たちが悪かった!!」

「やめてくれ！　ひぃい許して!!」

そう叫んで、そのまま気を失うアルヴィンと手下たち。

狼の姿をしているシルフィは、レオンに振り向くと尋ねる。

「だらしないこと。どうする？　レオン」

「食べたいなら食べてもいいぞシルフィ。その方が世のためだろ」

シルフィは肩をすくめると答える。

「冗談でしょ？　私はグルメなんだから。レオンの魔力以外食べない主義なの。大体こんな連中食べたりしたら、食あたりしそうだわ」

「ゴモ～」

巨大な岩の巨人もシルフィの言葉に大きく頷いた。

ユーモラスなその姿にリーアとミーアが声を上げる。

「はう！　大きいです！」

「でも可愛いです！」

「ゴモゴモ～」

子供たちの言葉を聞いて、アースゴーレムは照れたように頭を掻く。

それを見て二人は目を輝かせる。好奇心で先程の涙はどこかに消えたようだ。

レオンはアースゴーレムに語り掛ける。

「なあロック、子供たちと遊んでやってくれるか？」

「ゴモゴモ～！」

ロックと呼ばれた岩の巨人は頷くと、子供たちに向かって両手を大きく広げた。

「うわぁ～!!」

嬉しそうにロックに駆け寄るリーアとミーア。レナとキールも顔を見合わせると、席を立って庭に向かって駆けていく。

「すっげえ！　でっかいゴーレムだ!!」

「私、初めて見たわ！」

「俺だって!!」

リーアとミーアは手のひらに乗せてもらっている。

「はう！」

「おっきいです！」

そして、今度はシルフィの傍に行って、そのもふもふした毛並みに体を埋《うず》める。

「ふぁ！　わんわんとってもふかふかです！」

「可愛いです‼」

「ちょ！　私は犬じゃないわよ、狼よ狼‼」

すっかり子供たちに囲まれるシルフィとロック。いつの間にかフレアも姿を現して頬を膨らませている。

「甘いんだからレオンは。あいつら、楽しそうだった子供たちを泣かせたのよ！　私に任せてくれたら、一瞬で黒焦げにしてあげたのに！」

「だろうな、フレア」

だから召喚しなかった、とは言わずにおくレオン。

「当然よ！　ティアナが出かけている時は、私がこの子たちのママなんだから」

そう言って子供たちの傍に飛んでいく。

「フレアママ！」

「大丈夫だった？」

「「はいです！」」

そんな中、クラウスやセーラは呆然としたままレオンと精霊たちを眺めている。

そしてクラウスは愉快気に笑った。

「ふふ、ははは！　これは驚いた！　精霊使いだと？　それも、あれほどの精霊を何体も。オリビア、レオンは剣士ではないのか？」

「え？　そ、そうね。旅の魔法剣士といったところかしら……」

苦しい言い訳をしつつ、オリビアは内心でレオンに文句を言う。

（もう、レオンの馬鹿！　やりすぎよ、子供たちのことになると、むきになるんだから）

王女は救いを求めてミネルバに視線を送るが、素知らぬ顔を決め込まれてしまった。

まさか、クラウスにレオンが伝説の四英雄の一人だと説明するわけにもいかない。余計に話が複雑になるだろう。

成り行きを見守っていたセーラは、溜め息をつくと言った。

「驚いたわ！　黄金騎士団にも優れた魔導士は多いけど、これほどの使い手はいないもの」

オリビアはクラウスに尋ねる。

「なら合格ね、お兄様！　お父様のガードをするのにレオン以上の存在はいないわ。身元は私が保証します！」

アルフレッドも大きく頷く。

「僭越《せんえつ》ながら俺も保証しよう。俺はレオンと拳を交えたことがある。戦士として、いや男として誰よりも信頼のおける相手だ」

「ほう、武人として名高いアルフレッド王子が、そうまで言うとはな。いいだろう。確かに、シリウス以外でこれほどの男は見たことがない。共に父上の護衛にあたってくれれば頼もしかろう」

クラウスは頷きながら、中庭に並んで伸びているアルヴィンたちを呆れて眺めた。

「見苦しい。夕食会に乗り込んできたかと思えばこのざまか。オルドヴェイン家への扱いも考え直した方が良さそうだな。セーラ、連中を片付け、沙汰《さた》するまで謹慎《きんしん》するように伝えよ」

「畏まりました、クラウス殿下」

セーラはそう言うと、中庭で大の字に倒れている三人の男を見て溜め息をつく。

「まったく、起きてても寝てても手間をかけさせる連中ね。ねえ、レオン。いっそのこと本当に貴方の精霊できれいさっぱり消してくれないかしら？」

それを聞いてフレアが嬉しそうに答える。

「ねえレオン！　ほら、ああ言ってるわよ？　この際、消し炭にしちゃいましょうよ！」

そんな二人の会話を聞いて、レオンは肩をすくめた。

「おい、セーラ。自分の仕事を人に押し付けるなよ」

「仕方ないわね、分かったわよ」

そう言ってセーラは自分の部下の侍女に命じて、部屋の外で警備にあたっている黄金騎士団の仲間を呼ぶ。そして彼らに伝える。

「悪いけど、彼らを黄金騎士団の詰所に運んでくれない？　暫くは檻《おり》の中に入れておいていいわ。オルドヴェイン家と近衛精霊騎士団が何か言ってくるようなら、クラウス様のご命令だと伝えなさい。よろしいですね？　クラウス様」

「ああ、構わん。それでも喚《わめ》くようなら、息子をろくでなしに育てたオルドヴェイン伯爵にも責任を取ってもらおう」

クラウスの言葉にセーラは頷く。

「親子ともども叩けばいくらでも埃《ほこり》は出るかと。この際、片を付けるのも悪くはありませんわ」

「セーラ、お前に任せる。私もこやつらには愛想《あいそ》が尽きた。偉そうなことを言うのならば、せめてそれなりの腕を見せれば良いものを。うるさく文句を言うようであれば、父親ごとこの国から放り出しても構わん」

「畏まりましたクラウス殿下。御意のままに」

セーラが命じると、屈強な騎士たちがアルヴィンたちを肩に担いで部屋を出ていく。

それを見送ったクラウスは立ち上がると、精霊たちに目を向ける。

「ふふ、壮観《そうかん》だな。シリウスに加え、これほどの男が手に入れば色々と政治も楽だ」

そして笑みを浮かべながら、部屋の中からレオンに話を持ちかける。

「どうだレオン。上手くすれば上級伯爵家の席が一つ空く。それをそなたにやろう。オリビアと言わず、この国に仕えるつもりはないか？」

それを聞いてセーラが目を見開く。

「殿下、お戯れが過ぎます！　いくらなんでも上級伯爵などと!!」

「戯れなどではない。この男はあのレオナールよりも遥かに強い。鷲獅子《グリフォン》騎士団を束ねるあやつと同等の地位を授かっても何の不思議はない。三大将軍が一人増えて四大将軍になっても構うまい？」

王太子の思わぬ発言に皆、絶句している。

そんな中、クラウスは続けた。

「レオンのために新しく騎士団を創設し、それを任せる。この男にはそれだけの価値があると思うが？」

「そ、それは……」

セーラはレオンを見つめる。

(確かに、彼にはそれだけの価値がある。でも、オリビア殿下の下にレオンとミネルバ将軍の二人がつくことになれば、下手をすればクラウス殿下よりも力を持つことになるわ)

そんな心配をよそにオリビアが首を横に振る。

「無駄よお兄様。とっくに私が誘ったもの。上級伯爵だろうが将軍だろうがきっと興味がないわ」

オリビアはレオンを見つめながら思う。

(彼の正体はあの四英雄の一人だもの。それも最強と謳《うた》われた獅子王ジーク。そんなもので彼の心

が買えるのなら私も苦労しないわ）

クラウスは軽く驚いた様子で妹を眺めて、それから愉快そうに笑った。

「オリビア、まさかお前が断られるとは。ははは、これは愉快だ！」

「お兄様ったら！」

「いずれにしてもお前の護衛騎士ではなく、父上の命を預かる護衛騎士となるのだ。慰霊祭の間だけでも、それなりの身分を用意しなくてはな」

「それなりの身分って？」

「私にいい考えがある。これならばレオンも納得するだろう」

兄の言葉にオリビアは首を傾げた。クラウスは続ける。

「簡単な話だ、オリビア。要は、レオンは堅苦しい身分を拒んでいるのだろう。俺が見たところ、この男はどこかの国の王族か貴族だ。何かに縛られる生き方にうんざりしている」

クラウスの言葉を聞いて目を見開くオリビア。

「何だ？　オリビア。意外そうな顔だな、お前はその辺りのことを聞かされていると思ったのだが」

「え？　ええ、まあそんなところね」

オリビアはミネルバの顔を見る。

ミネルバも聞いていないといった様子で小さく首を横に振った。

（レオンがどこかの国の王子か貴族だって言うの？　考えたこともなかった……いいえ、確かにそう考えれば納得出来ることはあるわね）

クラウスは、精霊と一緒に子供たちと遊ぶレオンを眺めながら言った。

「分からなくもない話だ。オリビア、俺も面倒なことはお前に任せて旅に出たくなることはある」

「お兄様！　冗談が過ぎますわ」

それを聞いてセーラも頷く。

「クラウス様。オリビア様の仰る通りです。この国の王太子殿下が仰ることではありませんわ！」

「はは。見ろ、セーラが口うるさくてとても出来そうにもない」

「殿下！」

そんなセーラの様子に、クラウスは笑いながら肩をすくめると言った。

「ならば、あの男をこの国に縛り付けなければ良いだけの話。私から父上に許可をいただき、あの男にこの国の特級名誉騎士の称号を与える」

思いがけぬ称号に、オリビアは唖然とする。

「特級名誉騎士……」

「その始まりは、アルファリシアを築き上げた初代国王、その片腕と呼ばれた勇者シグルドに与えられた称号だ。名誉騎士でありながら、この国の友として自由に行動することが出来る特別な騎士だ」

「それをレオンに？」

ミネルバの言葉にクラウスは頷いた。

「ああ、そうだ。爵位が与えられるわけではないが、いざという時に、この国の兵を動かす権限が与えられる。父上の護衛として傍に仕えるには相応しい称号だろう。そういえばレイア、お前の父である剣聖ロゼルタークは、爵位とは別にその地位を授けられていたな。この国でその称号を得た者は僅か二人のみだ」

「はい、お蔭様で、父上は自由に子供たちに武芸を教えることが出来ました」

セーラは首肯し、続ける。

「お考えになられましたね、クラウス様。行動の自由が許されながらも、状況に応じて兵士たちを指揮することが出来る。特別に武芸に秀でた者のみに与えられる称号ですから、レオンにはピッタリでしょう」

「気に入らぬのならば、慰霊祭が終わったらやめれば良いだけの話だからな。その自由も与えられている。名誉職ゆえに決まった報酬があるわけではないが、慰霊祭の護衛を務めるというのであれば、腕に相応しい報酬は出す」

クラウスは立ち上がると中庭に歩いていき、レオンに今の話を改めて提案する。

オリビアもそれに口添えをした。

「お父様を護衛するにあたって、それなりの地位があった方がいいわ。またこんな面倒は御免でしょう？」

オリビアが言っているのは、先程のアルヴィンたちとのことだろう。

レオンは肩をすくめる。

「確かに。分かりましたオリビア殿下、慰霊祭が終わった後やめても構わないのでしたら、引き受けましょう」

それを聞いてクラウスは心底愉快そうに笑った。

「ははは！　本当に愉快な男だ。やめていいのなら引き受けるか。勇者シグルドも形なしだな」

「ふふ、ほんとね」

オリビアもつられて笑う。

クラウスがセーラに何事か命じると、セーラが頷いて奥の部屋に姿を消す。暫くすると小さな袋を持って戻ってくる。そして、それをレオンに手渡した。

「これは？」

そう尋ねるレオンにセーラは答える。

「開けてみて頂戴」

袋を開けてみると、そこには美しい宝石が幾つか入っている。

どれをとってみても大変な値打ちものだろう。

「先程の舞踏会での一件の報酬も入っているわ。特級名誉騎士としての支度金代わりです。レオン、これは貴方の腕を見込んでの代価。好きに使ってくれて構わないわ」

大きな赤いルビーと、まるで空のように青いサファイア。

そして、鳥の卵ほどもある大粒のダイヤモンド。エメラルドやアクアマリンもある。

「セーラ、いくらなんでもこれは貰いすぎだろ。このダイヤだけで豪邸が幾つも建ちそうだ」

「構わないわ。この国の上級伯爵の地位に比べたら安いものよ」

好奇心旺盛《おうせい》なフレアが、レオンの肩越しにそれを覗き込むと歓声を上げた。

「まあ、綺麗！　ねえ、レオン貰っちゃいなさいよ。私そのルビー欲しいなぁ」

小さな妖精のような姿の炎の精霊は、レオンの肩の上に座ると上目遣いでおねだりする。

そんなフレアの言葉を聞いてシルフィもやってきた。白く美しい狼は青いサファイアを見つめている。

「あらほんとに綺麗！」

セーラは袋に入っていたルビーとサファイアを、それぞれフレアとシルフィに差し出した。

「ふふ、どうぞ。これはもうレオンのものだもの」

フレアは小さな手で大きな宝石を受け取ると、クルクルッと舞い上がってはしゃいだ声を上げる。

「やったぁ！　セーラって言ったわね。貴方、中々話が分かるじゃない！」

シルフィも器用に風の力でサファイアを受け取ると、それを鼻先に浮かべてうっとりとした眼差しで眺める。

「ほんとね、気に入ったわセーラ！」

レオンはそんなフレアとシルフィを眺めながら溜め息をついた。

そして、軽くセーラを睨む。

「まったく、二人とも簡単に買収されやがって。精霊たちは美しい宝石に目がないからな。セーラ、お前のことだ。それも計算ずくだろ」

「優れた将を得ようとすれば、まずは周りから篭絡《ろうらく》するものよ。ふふ、政治の基本だわ」

報酬を宝石で支払ったのは、レオンが召喚した精霊たちの姿を見たからだろう。

クラウスも笑う。

「それに、その精霊たちも、父上の護衛として大いに活躍してもらうかもしれんからな」

あの後、再び子供たちを両手に乗せて遊んでいたロックもやってくると、物欲しそうな目でレオンを眺めている。

「ゴモ～……」

そんなロックを見て、その両手の上のミーアとリーアが大きな尻尾を左右に振りながら言った。

「はう、ゴーレムさんしょんぼりしてるです」

「一人だけ可哀想です……」

しょんぼりするアースゴーレムの姿を見て、二人も大きな耳をぺたんと垂れさせている。

彼らの眼差しを見てレオンは観念した。

「ふぅ、特級名誉騎士か。こりゃもうやるしかないな」

彼はそう言うと、大地に広がる森の緑のように美しいエメラルドをロックに手渡す。

大きな岩の巨人が先程からそれを見つめていたからだ。

子供たちを片手の上に乗せたまま、大きなアースゴーレムは嬉しそうに声を上げる。

「ゴモゴモ〜！」

「ゴーレムさん、喜んでます！」

「嬉しそうです！」

大きく尻尾を振って耳をピンと立てるリーアとミーア。レナとキールもロックを見上げて顔を見合わせると笑った。

「へへ、おっきな体してるのにロックって何だか可愛いよな」

「ほんとよね！」

「ゴモ〜」

照れたように頭を掻くアースゴーレム。

ティアナも子供たちと一緒にロックを見上げると楽し気に笑った。

そして、レオンを見つめると頭を下げる。

「レオンさん、ありがとう。あの子たちとっても楽しそう！」

「ああ、ティアナ。俺もだ。来て良かったな。そのドレスとてもよく似合ってるぞ」

「ほ、本当ですか……」

清楚で美しい顔を赤く染めて微笑むハーフエルフの少女。

子供たちと一緒に遊んでいたロザミアが、翼を羽ばたかせてやってくると頬を膨らませる。

「ティアナだけずるいぞ！　わ、私だって目一杯お洒落をしてきたのだ。私も主殿に褒めて欲しい……」

上目遣いでレオンを見つめる、天使のような白翼人の女騎士。

「はは、お前も綺麗だぞ、ロザミア」

「ほんとうか!?」

「ああ、これがなければな」

レオンはそう言いながらハンカチを取り出すと、ロザミアの口元を拭く。

先程たっぷり食べた料理のソースが、まだ少し口元についていたのだ
彼女はレオンに拭いてもらって顔を真っ赤にする。

「む、むう！　主殿、そういうところは見て見ぬふりをするものだ！」

そんなロザミアの姿を見てアルフレッドが大笑いした。

「ははは、やっぱりお前は花より団子だな、ロザミィ」

「殿下！」

ミネルバもレオンの傍に立っている。そして興味深そうにロックを見上げると言った。

「アルヴィンが喚び出した岩人形など、闘気を込めた剣の一閃で沈められる。だが、本物の高位精霊ともなると、そうはいきそうもないな。もしも戦うのならどうしたものか」

それを聞いて、レオンは呆れたようにミネルバに答えた。

「まったく、これだから戦闘狂は。まあ、四本腕のグレーターデーモン相手に平然と立ち向かっていくぐらいだからな、ミネルバは」

「せ、戦闘狂⁉　し、失礼な！　わ、私だって今日は女らしく、着飾ってきたっていうのにさ！」

赤いドレスが、ミネルバのスタイルの良さを際立たせ、艶やかな美しさを湛えている。

ツンとした顔をする美貌の女将軍を、レオンはまじまじと見つめて答えた。

「ああ、確かに綺麗だな。黙ってると公爵令嬢らしく見えるぞ」

「き！　綺麗……こ、こほん、分かればいいんだよ。い、言っとくけれど勘違いするんじゃないよ、坊やのために着飾ったんじゃないんだからね！」

オリビアがそんな友人の姿を見て溜め息をついた。

「ミネルバ、貴方ってレオンの前だとほんとに分かりやすいわね。それにしても……」

オリビアは苦笑しながらもレオンの言葉を思い出す。

（ミネルバが戦ったグレーターデーモン、四本の腕が生えた化け物だったと聞いたわ。報告書にあった、額に宝玉を嵌めた魔物と人魔錬成の術師。その男、一体何が目的なのかしら？　レオンと戦って逃げおおせることが出来る。それだけでも只者ではないわ）

真面目な表情になってオリビアは言う。

「慰霊祭も間近に迫っているもの、用心に越したことはないわ。レオンが特級名誉騎士として警護に加わってくれれば頼もしいわね」

大きな宝石を受け取ったフレアとシルフィは、オリビアの言葉に満足気に答える。

「仕方ないわね。私たちも手伝ってあげるわ、お姫様！」

「ふふ、そうね。貰った報酬の分は働いてあげようかしら」

美しい白い狼とその傍を舞う炎の精霊を見て、オリビアはクスクスと笑う。

「あら！　頼もしい限りだわ。よろしく頼むわよ。フレア、シルフィ！」

「「ふふ、任せなさい！」」

そう言って胸を張るフレアとシルフィ。

ロックも大きな体を揺らしながら頷く。

「ゴモ、ゴモ～！」

そんなアースゴーレムの姿を見て、リーアとミーアが顔を見合わせる。

「ゴーレムさんも張り切ってます」

「格好いいです！」

「ゴモ？」

ロックは双子の幼い獣人の姉妹を眺めて、照れたように笑う。

「ゴモゴモ〜」

フレアがリーアたちの傍に飛んでくると言う。

「ロックったら、この子たちのこと気に入ったの？」

「ゴモ！」

大きく頷くアースゴーレム。

シルフィはアルヴィンたちを思い出しながら言う。

「あいつら、ついてたわね。もし今この子たちを泣かせたら、ロックに握りつぶされるわよ、きっと」

「ゴモゴモ〜！」

岩で出来た大きな胸を張るロック。

そんな中、レイアがうずうずした目でシルフィを眺めている。

レオンが首を傾げて尋ねた。

「どうしたレイア？」

「ん？　い、いや、気持ちいいだろうと思ってな」

「気持ちいいって何がだよ？」

オリビアはレイアを眺めながらクスクスと笑う。

そして代わりにレオンに答える。

「レイアは動物好きなのよ。銀竜騎士団では副長としての威厳を損なうから隠してるけど、王宮に子犬が迷い込んだ時は、飼い主が見つかるまでそりゃあ可愛がって、その子犬と別れる時なんてボロボロ泣いてたんだから」

「なっ！　殿下、それは言わない約束です！」

「ふふ、いいじゃない、ほんとのことなんだから」

レイアはバツの悪そうな顔でレオンに言う。

「父上は子供たちのために剣術の道場を開いていた。そこで、子供たちが喜ぶだろうと、大きな白い犬を飼っていてな。今では父上と共に安らかに眠っているが、シルフィのその白い毛並みを見ると、幼い頃ロールをギュッと抱き締めた時のことを思い出すのだ」

そう言って、もう一度シルフィを眺める。ロールというのは剣聖ロゼルタークが飼っていた犬のことだろう。

レオンは笑いながらシルフィに言った。

「だそうだぞ、シルフィ」

「な、何よ。これで断ったら私が悪者みたいじゃない……仕方ないわね、いいわよ少しぐらいなら」

「ほ、本当か！」

レイアは少し遠慮がちにシルフィの体に顔を埋める。

「はぁ……気持ちいい！　ロールを思い出す。よしよし！　いい子だなシルフィ」

嬉しそうにシルフィの頭を撫でるレイア。

「もう！　何がよしよしよ、私は誇り高い狼なのよ」

それを見てオリビアとミネルバも軽く咳払いをすると言う。

「気持ち良さそうね、その毛並み」

「確かに……」

「な、何よ二人ともその目は……」

結局、オリビアとミネルバにもモフモフされるシルフィ。

セーラもさりげなくそれに加わっているのを見て、クラウスが苦笑した。

「おい、セーラお前まで」

「い、いいじゃありませんか殿下！」

大きなウサ耳を揺らしながらシルフィを撫でるセーラ。

暫くすると満足したように立ち上がって言った。

「こほん。いずれにしても、これで慰霊祭の警備も万全になるわね。特級名誉騎士に選ばれるほどの男と高位精霊たちの協力を得られるなら、新たな騎士団を作るのと同等の価値はあるわ」

シルフィに顔を埋めたままレイアも同意する。

「ああ、レオンや精霊たちが力を貸してくれるのであれば、当日はより堅固《けんご》な警護網が築けるだろう」

オリビアはミネルバと共にレオンや精霊たちを眺めると、顔を見合わせて頷いた。

◇◆◇◆◇

レオンたちが王太子と会談をしているちょうどその頃、宮殿の屋上には一人の男が佇んでいた。

黄金の仮面を被ったその男は、夜空に輝く月を静かに眺めていた。

アルファリシア三大将軍の中でも最強と名高い、黄金の騎士シリウスである。

シリウスは暫く月を眺めた後、ゆっくりと振り返り、王宮の塔が月の光によって作り出した影に向かって問いかける。

「なんのつもりだ、レオナール？　先程の続きでもしたくなったのか。懲《こ》りない男だ」

屋上へと上がってくる階段から姿を現したのは、鷲獅子《グリフォン》騎士団の団長、レオナールである。

「懲りないだと？　くくく、あれで勝ったとでも思っているのか。俺の力を侮るなよ」

レオナールの目がまるで野獣のような光を帯びる。

それを見てシリウスは静かに言った。

「ほう。舞踏会場では使えぬ力でも隠していたか？」

その言葉にレオナールは不敵に笑う。

「見せてやろう。俺の真の力、その片鱗《へんりん》をな」

レオナールの瞳は赤く妖しい輝きを放つ。

同時に全身の筋肉が盛り上がり、肉体が一回り大きくなっていく。

その瞬間——

レオナールの体が霞むように消えた。同時にシリウスの黄金の仮面に一筋の傷跡が刻まれる。

ゆっくりと振り返るシリウスの視線の先に、先程の場所から移動したレオナールの姿があった。

いつの間に抜いたのか、その右手には剣が握られている。

黄金騎士団の人間が見ていたら驚愕しただろう。無敵と呼ばれるシリウスの仮面に傷を刻む人間が存在することなど、あり得ないからだ。

「どうした？　俺の剣が見えてなかったのか」

舞踏会での意趣返しのようなレオナールの言葉。

シリウスは左手でゆっくりと剣を抜く。そして右手を黄金の仮面の上に重ねた。

「いいだろう、遊んでやろう。だが、覚えておくことだ。俺がこの仮面を外した時、それは貴様が死ぬ時だ」

僅かにずらした仮面の中から湧き上がる闘気は、先程までのシリウスのものとは全く異質のものだ。

仮面が真の力を覆い隠していたかのように、シリウスの闘気がバチバチと音を立てた。雷を帯びた右手は、手甲の上からでも分かるほどに強く光を放ち、黄金の紋章が浮かび上がる。

その時――

「おやめなさい」

鈴の音のような声が辺りに響くと、月光が照らす宮殿の屋上に、いつの間にかもう一人の男が立っていた。

一瞬女と見紛うほどの美貌の持ち主。この国の教皇、ジュリアンである。

「ジュリアン様！」

レオナールは唇を噛むと、その場に膝をついて礼をする。

「直《じき》に大切な慰霊祭が始まります、無益な戦いは許しませんよレオナール。シリウス、貴方にも剣を引いていただきます」

そう言った後、ジュリアンは笑みを浮かべた。

「それとも雷の紋章を持つ男、雷神《らいじん》エルフィウスとお呼びした方がいいでしょうか？」

シリウスは静かに剣を鞘におさめると踵を返す。そして背を向けたままジュリアンに答えた。

「そんな男の名は知らぬな、ジュリアン猊下《げいか》」

黄金の騎士は、階下に下りる階段へと姿を消した。

「おのれ！　……ジュリアン様、なぜお止めになられたのですか。奴は始末しておくべきです。あの小僧、獅子王ジークが王宮に出入りするようになった今、手を組まれては厄介なことに」

レオナールの言葉に、ジュリアンは静かに首を横に振る。

「ふふ、心配はいりませんよ。彼には彼の目的がある。そのためならばかつての友とでさえ剣を交えることになるでしょう」

「奴の目的？　それは一体⁉」

レオナールの問いにジュリアンは微笑した。

「貴方がそれを知る必要はありません。いずれにせよ彼とジークが手を組むことはない。そして古《いにしえ》の世に起きるべきだったことが、二千年の時を経てこの地で成就《じょうじゅ》される。彼らも知らぬ真実が明らかになることでね」

「ですが、ジュリアン様。やはり連中は危険です、特にレオンというあの小僧は！　あの小僧は必ずジュリアン様の前に立ちはだかることでしょう」

尚も食い下がるレオナールを眺めながらジュリアンは言った。

「いいでしょうレオナール。それほどまで言うのならば、別の者と彼を戦わせましょう。貴方に今死なれては私も困る」

「別の者とは？　奴は獅子王ジークと呼ばれた男、並みの相手では……」

ジュリアンは屋上から地上を睥睨《へいげい》しながら微笑む。

「安心なさい。かつての彼ならば別ですが、今の彼ならばあるいは……ふふ、獅子王ジーク、彼を葬《ほうむ》ってしまうのは少し惜しい気はしますがね」

8　ロードと呼ばれし者

王太子との会談を終え、俺が特級名誉騎士の称号を授けられてから数日後。

慰霊祭を三日後に控えてはいるが、特に変わった様子もない。

変わったことがあるとすれば、あれから俺たちが暮らす銀竜騎士団の宿舎に幾つかの届け物があったことだろうか。

ロザミアがその一つを手にして、感心したように言う。

「ふむ、中々の業物《わざもの》だ。これほどの剣はそうはない」

元聖騎士のロザミアが言う通り、見事に鍛え上げられた剣が二振り、そしてティアナ用に立派な宝玉が嵌め込まれた杖が、目の前のテーブルには置かれている。

ティアナもその杖を手にすると、詠唱を少し唱えて驚いた顔をする。

「凄い力を感じます。こんな杖見たこともないわ」

剣は俺とロザミアへの贈り物だそうだ。

「いかがですか？　私たちが揃えられる最高の逸品を選ばせたつもりです。こんな真似は僭越《せんえつ》かと思ったのですが、レオン様が特級名誉騎士の栄誉をお受けになられたと聞き、娘とお祝いがしたくて参りました」

俺たちの前に座っているのは、ジェファーレント商会を束ねる伯爵夫人のフローラとその娘のエレナだ。

エレナは少し不満げに頬を膨らますと夫人に言う。

「私はもっと早くレオン様にご挨拶がしたかったのに。舞踏会の夜、少し遅れて私たちも参ったのです。でもレオン様があっという間に各国の令嬢に取り囲まれてしまって。私もレオン様と一緒に踊りたかったのに、お母様がご迷惑になるからおやめなさいって」

それを聞いてフローラは呆れたように答える。

「まだそのことを怒っているのですか、エレナ。レオン様の体は一つしかないのです。我儘は嫌われますよ」

「だって、お母様……」

可憐な顔で口を尖らせるエレナを見る限りでは、オーガどもに襲われた時の恐怖もすっかり和らいだ様子だ。

俺は頭を掻きながら答える。

「悪かったな。チビ助たちとも踊らなきゃならなかったし、その後王太子殿下に呼ばれたからさ」

エレナは俺を上目遣いで見つめる。

「今度はエレナとも踊ってくださいますか？」

その問いにリーアやミーアたちが代わりに答えた。

「リーアもまた踊りたいのです！」

「ミーアもなのです！」

「はは、そうだな。また舞踏会があれば踊るとするか」

それを聞いて目を輝かせるエレナ。

「はい！」

レナもキールも胸を張ってそれに続いた。

「私も踊りたいわ！」

「へへ、俺も結構楽しかったんだよな」

そんなエレナやチビ助たちの様子を眺めながら、俺はフローラに向き直ると贈られた剣を手にする。

彼女が言うようにそう簡単には手に入らない逸品だ。恐らくはここ数日の間にジェファーレント商会の総力を使って手に入れたのだろう。

「刀身はオリハルコン、そして持ち手は精霊銀で作られている。最高の逸品だな。それに、ティアナの杖も相当なものだ」

俺は王太子から授けられた宝石を取り出すとフローラの前に並べる。

「いくらかかったのかは知らないが、必要な代価をここから取ってくれ」

しかし、フローラは首を横に振ると宝石をこちらに返した。

「これは私たちの命の代価。受け取ってくださらなければ帰れません」

エレナも真っすぐに俺を見つめると頷いた。

「いいのか？　商売人失格だぜ」

フローラは品の良い顔で笑いながらウインクする。

「そうは思いません。レオン様、貴方と繋がりを持つことが、我が商会にとってこの剣や杖よりも価値があると判断しただけですわ」

「まったく……分かった。ありがたく貰っておくよ。受け取らなきゃ、この場を動きそうもないもんな」

俺の答えに、フローラとエレナは顔を見合わせると笑った。

そして、俺たちの傍にいるオリビアやミネルバに頭を下げる。

「それではオリビア様、ミネルバ様、今日はこれで失礼をいたします」

「ええ、ジェファーレント伯爵夫人、それにエレナ。素晴らしい贈り物に感謝します」

王女らしく高貴な雰囲気で二人を送り出すオリビアに、俺は言った。

「いいのか？　オリビア。最近この部屋に入り浸ってるだろ。自分の部屋にいた方がいいんじゃないか？」

「なによ、迷惑なの？　私はここが一番落ち着くの！　水の精霊のお風呂にだっていつも入れるし。レオンが特級名誉騎士の称号を得たんだから、慰霊祭の打ち合わせという名目で堂々と来られるわ」

……おい、そのための称号じゃないだろ。

俺は思わず突っ込みたくなったが、相手は王女だからな。

まあ大国の王女っていうのも肩がこる仕事なんだろう。俺も元王子だから分からなくもない。

オリビアの侍女のサリアが笑いながら言った。

「あのお風呂の効果なのか、オリビア様もミネルバ様もますます美しくなられて。疲れも取れるせいか仕事も前よりはかどってますし」

「はは……」

今じゃすっかり、俺の部屋はオリビアやミネルバの執務室も兼ねているようだ。

まあ必要な時はもちろん王宮にも行ってるんだけどな。俺が溜め息をつくと、

「どう、ほらお肌なんてスベスベでしょう？」

オリビアがそう言って隣に座り、俺に身を預けて悪戯っぽく笑う。

大きな胸がこちらに押し当てられて、そのパープルがかったプラチナブロンドの髪から何とも言えない良い香りが漂ってくる。

ミネルバとティアナがそれを見て眉を吊り上げた。

「オリビア様！」

「破廉恥《はれんち》です！」

王女としての高貴さはそのままに、少女のようにべぇと舌を出して俺から離れるオリビアを見て、サリアは楽し気に笑った。

そんな中、レイアが部屋に入ってくる。その隣には意外な人物がいた。

「ニーナさん！」

俺は思わず声を上げる。

「レオンさん！」

冒険者ギルドの受付をしているニーナさんだ。俺がギルドに入る時には色々と世話になった。

彼女は部屋の中にミネルバやオリビアまでいることに気が付いて、慌てて深々と頭を下げている。

ミネルバも彼女に声をかけた。

「確か冒険者ギルドの……どうしたんだい？　慌てた様子で」

「構いません、話してごらんなさい」

オリビアもそう促す。ニーナさんは頷くと、少し落ち着いたのか話し始める。

「実はレオンさんや銀竜騎士団の皆様のお力をお借りしたくて。先程レイア様にご相談したんです」

レイアは頷いた。

「例の闇の魔導士の一件があったからな。何か周囲でおかしなことが起きたら連携が取れるようにしてておいたんだが」

レイアの話では、何かあったら訪ねてくるようにと、ジェフリーや彼が信頼しているギルドの者に騎士団本部への通行書を渡しているようだ。

だが、普通ならジェフリーが来るはずだ。受付のニーナさんが来るってことは余程のことだろう。

ニーナさんは言う。

「実は数日前から、ジェフリーギルド長は大きな依頼を受けて出かけてるんです。その間に今朝、妙な依頼が入って。アーロンさんが一団を率いて向かったんですけど、私はどうしてもその依頼の内容が気になってしまって、ここに」

「アーロンってあいつか」

ギルドで俺にやたらと絡んできた男だ。いずれはSSSランクになると噂の有望株だそうだが、ジェフリーには遠く及ばない。

「はい。また人語を話す妙な魔物の群れを見た者がいたそうで。私はギルド長がいないのだから、まずは銀竜騎士団に相談するべきだと言ったんですけど、アーロンさんが俺に任せろと。レオンさんに出来て俺に出来ないはずがないと言い張って」

ティアナとロザミアがそれを聞いて顔を見合わせる。

「人の言葉を話す魔物！」

「主殿、まさかあの時と同じ」

俺は頷いた。

「人魔錬成か」

俺は、あの闇の術師のことを思い出す。

「アーロンめ、馬鹿な奴だ。騎士団に伝えずに出かけるなどと」

自分の虚栄心のために向かったアーロンはまだしも、一緒に行ったギルドの連中の命にも関わる話だ。

俺はジェファーレント伯爵夫人が届けてくれた剣を手に取ると立ち上がった。

ロザミアとティアナも剣と杖を手にして言う。

「主殿、私も行く！」

「レオンさん、私も行きます！」

二人とも置いていくと言っても聞かないだろう。俺は頷いた。

フレアが俺に言う。

「人魔錬成だとしたら例の奴がいるかもしれないわね。私も一緒に行くわレオン！」

ここは王宮の中だ、それも銀竜騎士団の本部だからな。チビ助たちも心配はないだろう。

あの黒い影、奴がいるとしたら今度こそ仕留める必要がある。

「ああ、フレア。ミネルバ、飛竜を借りるぞ」

「坊や、私も同行しよう！」

だが、レイアは一歩前に出るとミネルバを制した。

「いいえ、ミネルバ様はオリビア様のお傍に。私がレオンに同行します！」

ミネルバは静かにレイアを見つめると頷いた。

「分かった。レイア、任せたぞ」

「はい、ミネルバ様」

オリビアとミネルバが見送る中、俺たちは銀竜騎士団の練兵所から飛竜に乗って空に舞い上がる。

俺はティアナと一緒に、ロザミアとレイアはそれぞれの飛竜に跨《またが》っている。

都の上空をあっという間に飛び越えて、森の上空をニーナさんから聞いた場所へと向かう。

ティアナは心配そうに俺に言った。

「先に向かったっていう冒険者たちは、大丈夫でしょうか？」

「ああ、ティアナ。急ぐとしよう」

俺の耳は特別製だ。現場が近づいてくると森の奥からは、魔物の息遣いと先行した冒険者たちの怒声が聞こえてくる。

一気に下降していくと、皆の耳にもその声が聞こえた様子だ。

ロザミアとレイアが華麗な騎乗で俺に並走すると言った。

「主殿！」

「レオン、どうやら本格的な戦闘が始まったようだ」

俺はその言葉に大きく頷く。

「そのようだな」

飛竜でギリギリの低空を滑空する。俺は並走するロザミアとレイアに叫んだ。

「行くぞ！　ロザミア、レイア!!」

「うむ！　主殿、任せてくれ！」

「了解だ、レオン！」

細かい指示を与える必要はないだろう。

レイアはもちろん、ロザミアも騎士を率いていた聖騎士だからな。指揮官クラスの騎士ならば、状況に応じてとっさに動くことに慣れている。

眼下には、魔物と戦闘中の冒険者たちの姿が見えた。

前衛を務める数十名の冒険者たちの声がして、辺りには怒号が響いている。

「お、おい！　何だこいつら!?」

「只の魔物じゃないぞ！」

「ひっ！　く、来るな!!」

冒険者たちの奥には崖があり、そこには大きな洞窟が見える。魔物の群れはそこから姿を現していた。

あれは……

対峙する冒険者の一部を率いているのは、ギルドで俺に突っかかってきたあのナイフ使いのアーロンだ。

騎士団に知らせればいいものを、功を焦って先走るなんてな。若手ではナンバー1の冒険者だとは聞いたが、『こいつら』相手となると分が悪い。

「どういうことだ！　これは一体どうなってる!!」

アーロンの声が辺りに響く。奴のナイフは見事に敵の急所を貫いているかに見える。

腕は悪くない。だが、根本的な認識が間違っている。

そんなものでは、こいつらは死なないということだ。

ただの魔物ではないことは、もうアーロンや冒険者連中も気が付いているだろう。

血に飢えた魔物の目。冒険者連中を餌食《えじき》にしようとその体がメキメキと音を立てて、一回り大きくなっていく。

任務自体はよくある魔物の巣窟《そうくつ》の殲滅《せんめつ》だが、今回はそこに潜んでいた相手が悪い。

「ひっ!!」

「ひぃいいい!!」

後衛の冒険者連中が一斉に矢と魔法を放つが、それは全く効いていない。いや、相手に突き刺さっても平然と歩いてくるのだ。

まるで不死身のようなその姿に、足並みが乱れる前衛の冒険者たち。

そこを突き崩して進んでくる魔物の群れを見て、後衛の女魔導士たちの悲鳴が響く。

「いや！　いやぁあああ!!」

「来ないで！　来ないでぇええ!!」

前衛が崩れれば、彼女たちを守る者はない。

襲い来る敵の牙と爪の餌食になるしかないだろう。

アーロンの甲高い声が響き渡る。

「何してる！　引くな！　俺の命令に従え!!」

だが、そう言っている本人さえも敵に背を向けている。

その時、冒険者を殲滅するはずの魔物の群れの足が止まった。眼前に、飛竜に乗った俺たちが舞い降りたからだ。

どうやらこいつらも本能的に知っているらしい。

魔を倒す者の気配を。

俺たちはそのまま冒険者たちの前に進み出る。彼らは呆然とこちらを見た。

飛竜を鮮やかに地上に降ろしたロザミアとレイアが、前衛の左右を固め、後衛を務める冒険者連中の前に立つ。

俺はティアナを背にして、アーロンの前に立った。

「お、お前は……」

俺は肩をすくめると奴に言った。

「死ぬぞ。どいていろ、こいつらはお前には荷が重い相手だ」

目の前に群れを成しているのは人の形をした狼だ。

獲物を奪われ飢えたその目に、怒りが宿り咆哮《ほうこう》を上げる。

本来ならば月光の夜に現れる者たちだ。月もない今、存在するということは、何者かの力が働いていると考えた方がいい。

「ひっ！」

「い、いやぁああ!!」

俺を睨んで低く唸る声に、先程の女性の魔導士たちから悲鳴が上がる。闇の住人であるこいつらの目を見て、すっかり怯え切っているのだろう。もしこいつらの手に落ちれば、自分たちがどんな運命をたどるのかと連想して。

牙を剥き鋭い爪を露わにするその姿は、人間の本能的な恐怖を掻き立てる。

「キサマ……こいつらは俺たちの獲物だ。ジャマをする奴は殺す」

ところどころ発音が妙だが、人語を話す狼。

こいつは人魔錬成とは違う、人狼《じんろう》と呼ばれる闇の生き物だ。

俺は剣を構えた。

「来い、お前たちの相手はこの俺だ」

「「「ウォオオオオオオオン!!」」」

俺の言葉に大きな遠吠えを放つ人狼の群れ。普通はこいつらが群れることはない。これだけの数が一体どこから集まってきたのか。

先頭に立つ一際図体がデカい奴が俺を見下ろす。

「何者かは知らんが、この俺をナメるなよ小僧。このキバで、どれだけの強者を屠《ほふ》ってきたかキサマは知るまい」

確かに、こいつに比べれば例の喋るオーガも可愛いものだ。

ヴァンパイアと同じ闇の眷属《けんぞく》——その中でもこいつはかなりの大物だ。

それだけ多くの者の命を奪っている証だろう。百や二百ではこうはならない。

いずれは人狼の王となる素養のある者と見受けられる。こういう普通ではあり得ない群れには、必ずその手の奴が混じっている。

ヴァンパイアでいえばヴァンパイアロードのように。

人狼はすっかりと怯え切っている女魔導士たちを眺める。そして、彼女たちを守るように前に立つロザミアたち三人に、目を細めた。

「ククク、まあいい。格別に美味そうなオンナを連れてきたようだ。オマエを殺した後、そのオンナどもの剣と杖をへし折って、絶望に泣くところを喰らってくれるわ」

奴の赤い瞳を見て、飛竜たちが声を上げて空に飛び去っていく。

飛竜でさえ恐怖させるその瞳の色は、まるで今までこいつの牙の餌食になってきた者が流した血のようだ。

「無駄な皮算用だ。どうせお前は生きて俺の後ろへは進むことは出来ん。只の一歩たりともな」

「ほざけ！　バカめが!!」

奴の姿がその場から霞むように消える。

こちらを目掛けて襲い掛かる巨大な人狼の影に、腰を抜かしているアーロンが悲鳴を上げた。

「ひ、ひぃいいいい!!」

アーロンの頬を浅く切り裂き、勝ち誇った獣の顔が邪悪な笑みを浮かべる。

人狼は俺の方を振り向いて言った。

「ほう、俺の攻撃を避けるとは中々の腕だな。しかし、大口を叩いた割には大したことがない。もう俺はオマエの後ろをとっているぞ」

俺は奴を振り返ると答えた。

「確かにな。だが、俺は言ったはずだぞ。生きて進むことは出来んとな」

「何を馬鹿なコトを……」

そこまで言って奴の目は大きく見開かれていく。

「バカな！　キサマ、何をした!?　不死身のこの俺を、人間ごときが!!」

「運が悪かったな。俺に出会った時からお前の命運はすでに尽きている」

ゆっくりと崩れ落ちていく巨大な人狼の姿に、思わず後ろに下がる人狼の群れ。

戦いを有利に進めつつも、俺は妙な違和感を覚えていた。そもそも、こいつらといい、あの貴族の皮を被ったヴァンパイアといい、一体なぜ慰霊祭を前に、ここまで闇の眷属が集まってくるのか。しかも群れを率い、いずれ闇の眷属のロードとなり得る者までもが。

実際にロードと化した者の強さはこんなものではない。俺が四英雄だった当時、強大な魔物を討伐する『倒魔人《とうまにん》』の中にすら、ロードの手にかかって命を落とす者がいた。

そして、『闇の王』と呼ばれる化け物へと変貌を遂げる者も、ロードの中から生まれる。それだけに、この手合いが生まれることは危険な兆候だ。世界が混沌に向かっていた、二千年前のあの時のように。

こうなると、あの人魔錬成を成した魔導士だけが原因とも思えない。

奴の後ろにまだ何かがいるのか？　俺は前に進むと血に飢えた狼どもに尋ねた。

「どうする、まだ続けるか？　それとも貴様らがここに集まっている理由を素直に吐くか、どちらかを選ぶことだ」

ロードへと変貌を遂げる可能性を秘めた個体は倒したが、まだ奴らの殺気は衰えることがない。

俺の傍に白く大きな狼が姿を現した。シルフィだ。

高位精霊としての力を解放して、風狼の姿に変わっている。

周囲に巻き起こっていく風の流れに人狼たちは少しだけ後退したが、やはり目には強い殺気が満ちている。

「レオン、感じる？」

「ああ……どうやら俺が勘違いしていたようだ。洞窟の奥から妙な気配を感じるぜ」

そんな中、一際大きな遠吠えが辺りに響いた。美しいが絶対的な力を秘めたその咆哮は、洞窟の奥から聞こえた。

その瞬間――

殺気を秘めた、人狼の群れが一気に俺たちに襲い掛かってくる。

まるで洞窟の中にいる絶対者の命令には逆らえぬといった様子で。

血に飢えた狼たちは叫ぶ。

「キサマはここで死ぬのだ！」

「あのお方の手によってな！」

「死ねぇえええい！」

数十もの人狼の群れが、牙を剥いてこちらに襲い掛かる、その光景はまさに地獄絵図だ。

女魔導士たちは先程の恐怖も合わさって悲鳴を上げる。

「いや！」

「こないで！」

「いやぁあああ‼」

連中は男より女を餌に選ぶことが多い、特に美しい女性を。

俺の方にだけではなく、ティアナやロザミア、そしてレイアを狙い、唸り声を上げて突っ込んでくる人狼たち。

ティアナは俺が守る。ロザミアとレイアも尋常ではない腕を持つ剣士だが、俺は念のためにシルフィに叫ぶ。

「シルフィ！　そちらは頼んだぞ」

「ええ、任せて！」

ロザミアとレイアは既に剣を構えている。彼女たちの方にシルフィは軽やかに駆けていく。

その時にはもう目の前に連中の牙が迫っていた。

「レオンさん！」

自分にも向かってくる人狼がいる中で、俺のことを心配するティアナの声が聞こえる。

そのティアナの傍ではフレアが守りを固めていた。

「ティアナは任せて！　レオン」

「ああ、フレア」

俺の右手の紋章が強く輝いた。

「おおおお！　倒魔流剣術！　風炎狼牙《ふうえんろうが》!!」

フレアと力を解放したシルフィが傍にいることで、強い炎と風の力が俺の剣に宿っている。

それが俺の炎の力と合わさって、何体もの炎の狼となって連中の喉笛を切り裂いた。

邪悪な闇の狼を切り裂く真紅の狼たち。

「ぐぁ！」

「お、おのれええ！」

おぞましい怨嗟《えんさ》の声を上げて、連中は炎に包まれていく。

振り返るとロザミアとレイアが、残り数体の人狼たちを相手に剣を交えている。

「はぁあああ！」

ロザミアが白い翼を広げて鮮やかに宙を舞い、そして地を駆ける人狼の首を刎《は》ねる。

流石はヴァンパイアであるバルウィルドを追い詰めた聖騎士だ。人狼にも恐れをなすことはない。

一方で、レイアはシルフィの背に乗っていた。そして、見事に連中の横を駆け抜け、闘気のこもった剣を振るっていく。

「練気氷刃《れんきひょうじん》！」

言葉通り、自身の氷属性の気を練り、剣に纏わせて敵を切り裂く。

シルフィの助けもあり数体の人狼の首を刎ね、その体を凍り付かせて砕いた。

俺はロザミアとレイアに声をかけた。

「流石だな二人とも」

多くの人々を犠牲にしてきたであろう闇の眷属を倒し、ロザミアは鮮やかに剣を鞘にしまうと俺の傍に舞い降りる。

「主殿、だが……」

そして、シルフィに跨っているレイアもこちらにやってくると頷いた。

「ああ、ロザミアの言う通りだ。何なのだ、この異様な気配は」

レイアはシルフィの背を撫でながら警戒を続けている。

ティアナは杖をしっかと握りながら、負傷した冒険者たちの傷を癒しつつ言った。

「私も感じます。洞窟の奥から凄く嫌な気配を」

シルフィも警戒しながら同意する。

「中にいるわよ」

俺は頷いた。

「そのようだな。さっきの遠吠えの主か。ロードか、それとも……」

あの一際体のでかい人狼がこの群れを束ねているかと思ったが、そうではないらしい。

洞窟の奥に潜む、別の存在の力を俺は確かに感じた。

俺はティアナたちにここで待つように言うと、洞窟へと足を向ける。

それを見てアーロンが叫んだ。

「ど、どこへ行くんだ！　ここの指揮を任されてるのは俺だ！　俺は一度ギルドに帰る。お、お前は俺たちを護衛しろ！」

俺は振り返ると肩をすくめた。

どうやら、闇の眷属の存在を目《ま》の当たりにして余程こたえたらしい。

ジェフリーなら、たとえ人狼の群れと対峙したとしてもこうはならないだろう。ロザミアやレイアがそうであるように。これでは、こいつにはまだSSSランクなど程遠いな。

俺はアーロンに答えた。

「お前は仲間を連れて早く立ち去れ。ここに留まるにはお前の魂は弱すぎる」

闇と対峙する覚悟がない者がこの先に進めば、待つのは死だけだ。

俺は洞窟の奥を見ると首を横に振った。

「いや、もう遅いか。来るぞ、本物の闇が」

こちらから向かうまでもなく、洞窟の奥から何者かがこちらにやってくる。

「主殿！」

「レオン、何かやってくるぞ！」

ロザミアとレイアが剣を構える。彼女たちに自然にそうさせるほどの強大な気配だ。

「レオンさん！」

ティアナもそれを感じたのだろう、思わず俺の名を呼ぶ。

そして、アーロンは泣き叫ぶような悲鳴を上げた。

「ひっ！　な、なんだ！　何かやってくるぞ！　お、お前はこいつらを倒すための依頼を受けたんだろう？　な、なら俺たちを守って化け物を倒せ!!」

「黙って逃げろ。死ぬぞ」

俺の言葉に、アーロンは腰を抜かしながらも後ろに下がっていく。

他の冒険者たちは洞窟の中から感じられる気配に気圧されて、凍り付いたように身動きが取れない様子だ。

動けば死ぬ、そんな錯覚に陥らせるほどの力だ。

俺はその気配に向かって歩き始める。そして、ロザミアとレイア、そして精霊たちに伝えた。

「ティアナを頼む」

彼女たちは頷いた。

「分かった主殿」

「レオン、気を付けろ」

シルフィも唸り声を上げている。

「気を付けてレオン。この力、只の人狼じゃない」

フレアが頷くと続けた。

「もしかするとロードか、いいえあの遠吠え、恐らくは……」

「ああ」

あの遠吠え、確かに只のロードではない。フレアが言うように、恐らくは――

洞窟の入り口に向かって歩いていく俺に、中から声がかかった。

「うふふ、この私の放つ気配を感じながら、それでも前に進んでくるなんて。面白い男もいたものね」

ゾクッとするような妖艶《ようえん》なその声は、先程の遠吠えの声と同じものだ。その姿がゆっくりと暗闇の中から現れる。

俺はそれを見て言った。

「なるほどな。道理であれほどの数の人狼が集まるわけだ。目的はお前のお眼鏡《めがね》に適《かな》う相手を見繕うことっていうところか」

暗闇から姿を現したのは女だ。黒髪で、漆黒のドレスを身に纏っている。

大きな黒い狼耳と長い尻尾はまるで獣人のようだが、そうではない。

女は俺を見つめると答えた。

「ふふ、そうね。私と子を作るのに相応しい男を探すためだったのだけど。どの男もとても弱すぎたわ」

そう言ってこちらに一歩足を進める。

「女王の相手としてはね。でも、代わりに面白い男を見つけたわ」

その瞬間――

女はもう俺の顔の傍に、自分の顔を寄せていた。そして、その目がこちらを覗き込んでいる。

まだ数十メートルはあった距離を、まるで時間を飛び越えたがごとく一瞬で詰めてきたのだ。

あまりの異常事態に、ロザミアとレイアが叫んだ。

「主殿！」

「レオン!!」

次の瞬間、俺の頬に浅く痛みが走った。女が無造作に突き出した手刀で刻まれたものだ。

「ふふ、あり得ない。クイーンであるこの私の攻撃をかわす人間がいるなんて。それも冒険者ごときが。これは命令よ。何者なの貴方は、答えなさい」

女はそう言って俺を見つめていた。こちらを眺める目は蠱惑的《こわくてき》で赤い光を帯びている。

「答えなさいと言っている。どうせ逆らうことなど出来はしない。ふふ、私の目を見た男にはね」

その瞳からは強力な力が放たれている。

人狼の雄たちを魅了し、ひれ伏させるだけではなく、人の男さえも虜《とりこ》にするだろう。

「魅了魔法か、いや魔法ではないな。天性の力か。強力だな。離れていても効果が出るほどに」

後ろで腰を抜かしていたアーロンや、他の男の冒険者たちがゆっくりと立ち上がり、彼女に向かって歩いてきているのを気配で感じる。

まるで魂の根幹を骨抜きにされたような、ゆらゆらとした動きで。

「ロザミア！　レイア！」

俺の言葉に二人が動く気配がした。

「分かった主殿！」

「正気になれ、お前たち死にたいのか！」

背後でドサリと地面に倒れ伏す音が、複数聞こえてくる。

ロザミアとレイアが、当て身でアーロンや冒険者たちを気絶させたのだろう。そうしなければ、このままこちらに歩いてきて俺たちの戦いに巻き込まれていたはずだ。

この場にいて正気を保てるのは、男では俺一人だろう。だが、そのことが彼女の逆鱗《げきりん》に触れたようだ。

「屈辱ね……このような恥辱を味わうことになるなんて。ふふ、でもこの私の瞳をこんなに近くで見て骨抜きにならない男は数百年ぶりかしら」

その瞬間、俺の首筋を目掛けて女の貫手《ぬきて》が放たれる。

なんの予備動作もない。それゆえに見切ることが難しい。

この女は天性の暗殺者だ。研ぎ澄まされた剣先のような鋭い爪が光った。

次の瞬間――

「嘘……」

クイーンの瞳が大きく見開かれる。俺が突き出された手刀をかわしたからだ。

相手の攻撃を、体をコマのように回転させることでかわすと同時に、その遠心力を利用して女の喉元を狙い、こちらの剣を振るう。

攻防一体の倒魔人の技の一つだ、普通の魔物ならばひとたまりもない。

だが、クイーンはまだ生きている。俺の攻撃は首筋に僅かに浅い傷を作っただけだ。

俺の剣をかわして数歩後ろに下がった彼女は、こちらを窺っていた。

「なるほどな。数百年生きているだけはある」

俺の右手の紋章が輝いていく。あの人魔錬成の術師と対峙した時と同じほど、強く。

それを見てクイーンはピクンと眉を動かした。そして大きく俺から距離を取る。

「その紋章、まさか……」

「知っているようだな」

俺の問いにクイーンは妖艶な顔で笑う。

「知らぬはずがないでしょう？　魔を屠る者、その中でも四英雄と呼ばれ最強と謳われた者たち。四人の中の一人には、獅子王ジークと呼ばれる真紅の紋章を持つ男がいたと聞くわ。でも、こんなに可愛い坊やだったなんて。貴方本物かしら？」

「試してみるか？」

俺の問いに、クイーンは嫣然とした笑みを浮かべた。

「ふふ、そうね、試してみようかしら。でも驚きね、四英雄が生きている。あの男が言っていたことは本当だったなんて。二千年前と同じことがここで起きるというのも、あながち嘘じゃなさそうだわ」

「二千年前と同じことだと？　一体何を言っている。それにあの男というのは誰のことだ」

俺の問いにクイーンが取り合う様子はない。

「私に答える義理などないでしょう？　それとも、貴方が私のつがいになってくれるのかしら」

「悪いが断る」

俺の返事に、ルビーレッドの光を帯びる目が、強い殺気を宿していく。

その瞬間、女の姿が俺の前から消えた。

「なら死になさい！　四英雄！」

クイーンはもう俺の目の前にいた。先程も常軌を逸した踏み込みの速さだったが、これはそれ以上だ。

それをかわして剣を振るったが、彼女はしなやかにそれをかわすと、地面を蹴って天高く跳ぶ。

凄まじい跳躍力だ。

「ふふ、舐めないでよ。私の本当の力を見せてあげる」

太陽を背にして、頭上から俺に牙を向けるその姿は、もう先程の女のものではない。

シルフィの叫び声が聞こえる。

「レオン！　気を付けて」

人狼の女王から放たれる強烈な闘気が、まるで黒く巨大な狼と対峙している錯覚すら覚えさせる。

そして力の源である尾は、九つに分かれていた。

「私のこの姿を見て生きて帰った者はいない。ふふ、四英雄はどうかしら？」

頭上の天空で、太陽の光を九つの尾で陰らせてこちらに向かってくる、黒の絶対者。

周囲を凍り付かせるほどの強大な魔力をその尾から感じる。

女の艶やかな唇が静かに言葉を紡ぐ。

「狼影烈滅《ろうえいれつめつ》。死になさい獅子王ジーク」

敵を滅する狼の影。まるで漆黒の影法師だ。クイーンの九つの尾は伸びていくと、頭上の全方位から俺を逃さぬように襲い掛かった。まさに、避けられぬ死を与える九つの槍。

凄まじい音がして、それが突き刺さった地面がひび割れ砕けていく。そこにいた者は無残《むざん》な死を迎えただろう。

もしも俺でなければ。

勝ち誇る女のさらに上、太陽を背にして俺はクイーンの背後にいた。

あの黒い尾が突き刺さる寸前にそれを避け、その一本を踏み台にしてクイーンのさらに上空に跳んだのだ。

俺の剣が太陽の光を浴びて輝く。

「貰ったぞ！」

陽光を剣の中に封じるがごとく、闘気を剣に凝縮し、光と成す。

俺の紋章から伝わる紅蓮《ぐれん》の炎が黄金に輝いて、俺の手にした剣は光の炎の刃と化している。強力な魔に対する倒魔人の技の一つだ。

空を切り裂く光の剣が、女王の首を刎ねるその瞬間――

彼女の九つの尾の一つが、それを防ぐように目の前に現れた。

俺はそれを切り裂いてそのまま着地する。

同時に、少し離れた場所に、クイーンもふわりと音も立てずに降り立った。

ルビーレッドの目が信じられないものを見るように、俺を捉えている。そして不敵に笑った。

「ふふ、ふふふ。あり得ない。この私の真の姿を見ても生きている男がいるなんて。それも女王であるこの私の尾を一本切り裂くなんてね」

彼女の魔力が再び高まると、斬られた尻尾は元に戻っていく。

「どうやら、全て切り落とすか首でも刎ねない限り死なないようだな」

「ええ。でも貴方に出来るかしら？　どうやら伝説で聞くよりも貴方は弱いみたいだもの。伝説の四英雄の一人にして最強と謳われた男、獅子王ジーク。今なら私でも勝てるかもしれない。さっきのが私の全てじゃないわよ」

「試してみろ。すぐに分かる話だ」

対峙する俺の目を見てクイーンは笑みを深める。

そして、再び九つの尾に強烈な魔力が湧き上がっていった。

「ふふ、その瞳。まだそちらも手の内を隠しているようね。でも、出し惜しみしている間に死ぬということもあるわよ」

クイーンはそう言うと、胸元から漆黒に輝く宝玉を取り出してコクリと呑み込んだ。

シルフィが言う。

「レオン！　あの宝玉はあの時の……」

「ああ、奴が持っていたものによく似ている」

闇の術師が額に嵌めていた黒い宝玉のことだ。

俺から距離を取りながら、クイーンは恍惚《こうこつ》の表情を浮かべると、唇を艶《なまめ》かしくゆっくりと自分の舌で舐める。

「美味しかったわ。幾千の魂が封じられた宝玉。哀れな人間たちの怒りや憎しみ、そして嘆きが私の中に入ってくる」

「外道め。どこでそれを手に入れた？」

クイーンが笑いながら俺に答える。

「言ったはずよ、答える義理などないと。死になさい獅子王ジーク。死者魅了、ネクロマンシーチャーム！」

妖しく光る人狼の女王の瞳が、強烈な力を帯びる。先程までとは異次元の強さになったのが分かった。

周囲一帯に闇の気配が広がっていく。強烈な闇の結界を生じさせるほどの力だ。

「なに!?」

俺は思わず声を上げた。周囲に人影がゆらゆらと立ち上がっていくのだ。

いやそれは人ではない、先程俺が倒した人狼たちだ。

傷が再生したわけではない。鼓動すら感じない肉体を、クイーンが魅了し操っている。

「ふふふ、その連中はさっきよりも遥かに強いわよ。私が生きている限り決して倒すことが出来ない、死の傀儡《くぐつ》人形だもの」

まるで自分の意思を失ったかのような真紅の瞳をした人狼たちが、ティアナたちを取り囲むのを感じて、俺は振り返った。

「どこを見ているの獅子王ジーク。貴方の相手はこの私よ」

その刹那——

「喰らいなさい！　真・狼影烈滅!!」

俺は体に強烈な衝撃を感じた。

周囲を覆いつくすような暗闇はクイーンの九つの尾だ。

先程よりも遥かに速く強い九本の尾の槍が、一斉に俺の肉体を貫き、背後の岸壁に向かって吹き飛ばしていた。

◇
◆
◇
◆
◇

「主殿!!」

クイーンの尾がレオンを貫き、背後にある岸壁に叩きつけたのを見て、ロザミアは叫んだ。

レイアも青ざめた表情で呟く。

「そ、そんな。まさかレオンが……」

恐るべき漆黒の尾で岸壁に刻み込まれた巨大な穴は、レオンが敗北した証だ。

ティアナは目を大きく見開いて、よろよろとその穴の方へと歩き始める。

「レオンさん……いや！　いやぁあああ!!」

気が付くと、無意識に彼女はレオンの叩きつけられた岸壁に向かって走り始めていた。

それを見てレイアが叫ぶ。

「駄目だ！　ティアナ!!」

ティアナの前に立ち塞がる巨大な黒い影。それはクイーンに操られている人狼だ。

一際大きなその体は、レオンに倒された一体である。

「うっ！　うぁああ!!」

美しいハーフエルフの少女の体は、丸太のような太い両腕に持ち上げられ、天高く掲げられる。

人狼の腕がそのまま左右に動いたら、ティアナの体など簡単に引き裂かれてしまうだろう。

ロザミアとレイアは唇を噛み締めて剣を握り締めると、ティアナを抱え上げている人狼へと斬りかかる。

「ティアナを放せ！」

「はぁあああ!!」

だが——

その瞬間、ロザミアとレイアの体は、鞭《むち》のような何かにはね飛ばされて地面を転がった。

「くっ！」

「くは!!」

凄まじい衝撃に、思わず呻き声を上げる二人。

そんな二人の剣を優雅に足で踏みつけたのは、人狼のクイーンだ。二人をはね飛ばしたのは女王の黒い尾である。そして高らかに笑う。

「あは！　あはは!!　見た、あれを？　勝ったのよ！　私があの四英雄に、最強と呼ばれた獅子王ジークにね!!」

勝ち誇り、妖艶な中に残忍な笑みを浮かべるクイーンに、ロザミアは叫んだ。

「黙れ!!」

それを聞いて、クイーンは無表情になるとロザミアの顔を蹴り飛ばした。

「ぐっ！　ぐは!!」

再び地面を転がるロザミアの口からは、鮮血が流れ落ちる。

「不愉快な女ね。この私が、せっかく甘美な勝利の美酒に酔っているというのに。ふふ、いいわ。貴方を殺すのは最後にしてあげる。その前に仲間たちが次々に引きちぎられて、死者の餌食になっていく姿を見せてあげる。まずは、あのハーフエルフの女からね」

それを聞いてロザミアは叫んだ。

「やめろ！　やめろぉおお!!」

ティアナは自分を生贄《いけにえ》のように天に掲げる人狼の太い腕に、力が入っていくのを感じた。

体が左右に引き裂かれてしまうほどの力が徐々に加わっていく。

ティアナの脳裏には、レオンと一緒に子供たちと過ごしてきた、短いながらも幸せな日々が、走《そう》馬灯《まとう》のように浮かび上がってくる。

右手で杖を握り締めてティアナは涙を流した。

「レオンさん……レオォオオン!!」

ティアナは祈る。自分のためでなく、自分たちに笑顔をくれた少年のために。

クイーンはそれを見て嘲るように笑った。

「馬鹿な女。ふふ、最後ぐらい自分のために祈るものよ。でも最高だわ、その清楚ぶった顔がゆっくりと苦痛に歪んでいく姿はね。すぐに殺しては駄目よ。じっくりと殺しなさい」

主の言葉に従い、巨大な人狼はゆっくりと両腕に力を込めていく。

絶望を感じてロザミアとレイアが叫ぶ。

その時——

ロザミアには、人狼の両腕がゆっくりとずれていくのが見えた。

まるで何者かに切り裂かれたかのように。

巨大な人狼の腕に拘束されていたティアナが呻きながら地面へと落下するのを、一人の男が抱き留めた。

「まさか！」

クイーンは目を見開いて男を見つめる。

（違う……あの男じゃない）

ティアナを抱きかかえ、人狼の女王の前に立っているのはレオンではない。

その男は気を失っているティアナを静かに地面に寝かせると、クイーンに言った。

「よう、楽しそうだな」

「何者だ貴様!!」

思わず後ずさりながらクイーンは叫ぶ。

長身のその男は、赤く長い髪を風に靡かせて彼女に向かって歩いてくる。

凄まじい闇の力を放つ女王に恐れる気配すらなく。

クイーンは自分が怯えていることに気が付いて激怒した。

「おのれ！　言いなさい、何者だと聞いている!!」

男は静かに答えた。

「知っているはずだぞ。人狼の女王よ」

クイーンは震えた。

本能的には分かっているのだ。その男の正体が。だが、先程のその男の力とは次元が違いすぎる。

「お前はついてない。本物の俺に出会ったのだからな」

男の両手に、紅蓮に輝く紋章が浮かび上がっていく。

クイーンはそれを見て叫んだ。

「獅子王ジーク!!」

「ああ、死んでもらうぞ。人狼の女王よ」

燃え上がるような男の闘気に、二つの精霊たちが溶け込んでいく。

「レオン、久しぶりねこの体は」

「いいえ、獅子王ジーク。我が主よ」

精霊を宿し強烈な輝きを増していく男の両手に、クイーンは目を血走らせ叫んだ。

「殺してあげる！　もう一度ね!!　真・狼影烈滅!!」

漆黒の九つの尾が再び死の槍と化して、その男を襲った。

だが――

「倒魔流奥義、風狼炎滅《ふうろうえんめつ》」

男は平静そのものの声でそう言うと、いつの間にか握っていた剣を手に、クイーンの横を通り過ぎる。

同時に白い狼の牙が聖なる炎を宿し、九つの尾とクイーンの首を刎ね飛ばした。

圧倒的な闘気を身に纏う男の姿に、地面を転がっていく人狼の女王の目が、驚愕に染まる。

「そ……そんな、この私が！　こ、これが四英雄最強の男、獅子王ジーク」

断末魔の叫びを上げる間もなく、その体は灰になって宙へと舞い散った。

ロザミアとレイアが男に駆け寄る。

ロザミアは目に涙をいっぱいに浮かべて男の胸に抱きついた。

「主殿なのか？　本当に主殿なのか!?」

「ああ、ロザミア」

男が頬を撫でると、ロザミアの傷が塞がっていく。

レイアも涙を流しながらその手を握った。

「レオン……良かった本当に。だが、ティアナが！」

赤い髪を靡かせた男は頷くと、静かにティアナを抱きかかえ治療を施す。

ティアナはゆっくりと目を開いた。

初めは、目の前に見知らぬ赤い髪の男がいたように思えたが、気が付くとその姿はいつものレオンに戻っていた。彼女の目からボロボロと涙が零れる。

「お帰りなさい、レオンさん」

「ああ、ティアナ。ただいま。心配をかけたな」

レオンはそう言うと、ティアナの髪を優しく撫でた。


そんな光景を、遠くにある木の上から一羽のカラスが眺めていた。

まるで黒い宝玉のような目は、赤い髪を靡かせる男を見つめた後、一声鳴いて空へと舞い上がる。

ちょうどその時、アルファリシアの国教会の大聖堂の中では、一人の男がそのカラスの目を通じて同じ光景を眺めていた。

教皇であるジュリアンだ。

「女王に勝ちましたか。まさか、一時的とはいえ自らにかけられた呪いを打ち破るとは。それに気になりますね、あの娘。彼女の叫びが貴方の力を呼び覚ましたように見えましたが」

ジュリアンは少し頬を上気させて、笑みを浮かべた。

「ふふ、面白い。獅子王ジーク、やはり貴方は特別です。いずれ宴が始まる。貴方もその目で見るといい。あの時、本当は何が起きるべきだったのかをね」

そして、大聖堂の奥へと歩き始めた。

魔力が無いと言われたので独学で最強無双の大賢者になりました!
e was told that he had no magical power, so he
arned by himself and became the strongest sage!
1・2
雪華慧太
Yukihana Keita
眠れる"劣等魔力《スーパーチート》"で反逆無双!!
最強賢者のダークホースファンタジー!
日本から異世界の公爵家に転生した元数学者の少年・ルオ。
五歳の時、魔力が無いという診断を受けた彼は父の怒りを
買い、遠い分家に預けられることとなる。肩身の狭い思いを
しながらも十五歳となったルオは、独学で研究を重ね「劣等
魔力」という新たな力に覚醒。その力を分家の家族に披露
し、共にのし上がろうと持ち掛け、見事仲間に引き入れるの
だった。その後、ルオは偽の身分を使って都にある士官学校
の入学試験に挑戦し、実戦試験で同期の強豪を打ち負か
す。そして、ダークホース出現の噂はルオを捨てた実父の耳
にも届き、やがて因縁の対決へとつながっていく——
●各定価:本体1200円+税
●Illustration:ダイエクスト
魔力が無いと言われたので独学で最強無双の大賢者になりました!
眠れる
最強賢者のダークホースファンタジー!!!!!!
魔力が無いと言われたので独学で最強無双の大賢者になりました! 2
雪華慧太
数々の闇の魔手が白狼の王女を襲う!!
元ド底辺貴族が群がる外道に
断罪無双!!
最強賢者のダークホースファンタジー!!!!!!

勇者召喚に巻き込まれて異世界転移した元サラリーマンの相良真一(シン)。彼が転移した先は異世界人の優れた能力を搾取するトンデモ国家だった。危険を感じたシンは早々に国外脱出を敢行し、他国の山村でスローライフをスタートする。そんなある日。彼は領主屋敷の離れに幽閉されている貴人と知り合う。これが頭がお花畑の困った王子様で、何故か懐かれてしまったシンはさあ大変。駄犬王子のお世話に奔走する羽目に!?

ISBN 978-4-434-28668-1 ●定価:本体1200円+税 ●Illustration:万冬しま

貴族の三男坊の僕、クロウは優秀なスキルを手にした兄様たちと違って、錬金術というこの世界で不遇とされるスキルを授かることになった。それで周囲をひどく落胆させ、辺境に飛ばされることになったんだけど……現代日本で生きていたという前世の記憶を取り戻した僕は気づいていた。錬金術がとんでもない可能性を秘めていることに！　そんな秘密を胸の内に隠しつつ、僕は錬金術を駆使して、土壁を造ったり、魔物を手懐けたり、無敵のゴーレムを錬成したりして、数々の奇跡を起こしていく！

◉定価：本体1200円＋税　◉ISBN 978-4-434-28659-9

◉Illustration：ぐりーんたぬ

●ISBN 978-4-434-28658-2 ●定価:本体1200円+税 ●Illustration:ふらすこ

この作品に対する皆様のご意見・ご感想をお待ちしております。
おハガキ・お手紙は以下の宛先にお送りください。

【宛先】
〒150-6008 東京都渋谷区恵比寿 4-20-3 恵比寿ｶﾞｰﾃﾞﾝﾌﾟﾚｲｽﾀﾜｰ 8F
（株）アルファポリス　書籍感想係

メールフォームでのご意見・ご感想は右のＱＲコードから、
あるいは以下のワードで検索をかけてください。

アルファポリス　書籍の感想　検索

ご感想はこちらから

本書は Web サイト「アルファポリス」（https://www.alphapolis.co.jp/）に投稿されたものを、改題・改稿のうえ、書籍化したものです。

追放王子《ついほうおうじ》の英雄紋《えいゆうもん》！ 2

～追《お》い出《だ》された元第六王子《もとだいろくおうじ》は、実《じつ》は史上《しじょう》最強《さいきょう》の英雄《えいゆう》でした～

雪華慧太（ゆきはなけいた）

2021年 3月 31日初版発行

編集－矢澤達也・宮田可南子
編集長－太田鉄平
発行者－梶本雄介
発行所－株式会社アルファポリス
〒150-6008 東京都渋谷区恵比寿4-20-3 恵比寿ｶﾞｰﾃﾞﾝﾌﾟﾚｲｽﾀﾜｰ8F
TEL 03-6277-1601（営業）　03-6277-1602（編集）
URL https://www.alphapolis.co.jp/
発売元－株式会社星雲社（共同出版社・流通責任出版社）
〒112-0005 東京都文京区水道1-3-30
TEL 03-3868-3275
装丁・本文イラストー紺藤ココン（https://snowfoxx.com/）
装丁デザインーAFTERGLOW
印刷－株式会社暁印刷

価格はカバーに表示されてあります。
落丁乱丁の場合はアルファポリスまでご連絡ください。
送料は小社負担でお取り替えします。

ISBN978-4-434-28666-7 C0093